# 밤으로의 긴 여로

**Long Day's Journey into Night**

세계문학전집 **69**

# 밤으로의 긴 여로

Long Day's Journey into Night

## 유진 오닐

민승남 옮김

민음사

# 차례

칼로타에게,
우리의 열두 번째 결혼기념일에


사랑하는 당신,
내 묵은 슬픔을 눈물로, 피로 쓴 이 극의 원고를 당신에게 바치오.
행복을 기념하는 날의 선물로는 슬프고 부적당한 것인지도 모르겠소.
그러나 당신은 이해하겠지.
내게 사랑에 대한 신념을 주어
마침내 죽은 가족들을 마주하고 이 극을 쓸 수 있도록 해준,
고뇌에 시달리는 티론 가족 네 사람 모두에 대한
깊은 연민과 이해와 용서로 이 글을 쓰도록 해준,
당신의 사랑과 다정함에 감사하는 뜻으로
이 글을 바치오.


소중한 내 사랑, 당신과의  십이 년은
빛으로의, 사랑으로의 여로였소.
내 감사의 마음을 당신은 알 것이오.
내 사랑도!


— 진, 타오 하우스에서 1941. 7. 22.

*Eugene O'Neill.*

## 등장인물

제임스 타이론

메리 캐번 타이론, 그의 아내

제임스 타이론 2세, 그들의 맏아들

에드먼드 타이론, 그들의 막내아들

캐슬린, 하녀


## 무대 배경

1막 타이론의 여름 별장의 거실

1912년 8월 어느 날 오전 8시 30분

2막 1장 같은 장소, 낮 12시 45분경

2장 같은 장소, 30분쯤 뒤

3막 같은 장소, 그날 저녁 6시 30분경

4막 같은 장소, 자정쯤

1막

# 1막

1912년 8월의 어느 아침, 제임스 타이론의 여름 별장의 거실.

뒤쪽에 커튼이 달린 넓은 문 두 개가 있다. 오른쪽 문은 앞 응접실로 통하는데, 앞 응접실은 거의 사용하지 않는 방이 으레 그렇듯이 형식적으로 꾸며진 모습이다. 다른 문은 창도 없는 어두운 뒤쪽의 응접실로 통하는데, 이 공간은 거실과 식당을 오가는 통로로밖에 사용된 적이 없다. 두 문 사이의 벽에는 작은 책장 하나가 놓여 있는데, 위에는 셰익스피어의 초상화가 있고 책장에는 발자크, 졸라, 스탕달의 소설들과 쇼펜하우어, 니체, 마르크스, 엥겔스, 크로폿킨, 막스 슈티르너의 철학서와 사회학 서적들, 입센, 버나드 쇼, 스트린드베리의 희곡

들, 스윈번, 로세티, 오스카 와일드, 어니스트 다우슨, 키플링 등의 시집들이 꽂혀 있다.

오른쪽 벽 뒤쪽에 난 방충문은 현관으로 통하며, 현관 베란다가 집을 절반쯤 두르고 있다. 그 훨씬 앞쪽으로 창문 세 개가 연이어 나 있고, 그 창문들을 통해 앞마당 너머로 항구와 부두를 따라 난 큰길이 내다보인다. 고리버들로 만든 작은 탁자와 평범한 오크목(木) 책상이 창 옆으로 벽에 붙어서 놓여 있다.

왼쪽 벽에도 비슷한 창들이 연이어 나 있는데, 이 창들로는 뒤뜰이 보인다. 창 아래로 쿠션을 얹은 고리버들 소파가 놓여 있고, 하나뿐인 팔걸이는 뒤쪽을 향하고 있다. 그 훨씬 뒤쪽에 있는 유리를 끼운 대형 책장에는 뒤마, 빅토르 위고, 찰스 레버의 전집들과 셰익스피어 전집 세 질, 오십 권짜리 세계문학 전집, 흄의『영국사』, 티에르의『통령 정부와 제정의 역사』, 스몰렛의『영국사』, 기번의『로마제국 흥망사』, 기타 고전 희곡집, 시집, 아일랜드 역사서 몇 권이 들어 있다. 놀라운 것은 이 전집들 모두 읽고 또 읽은 흔적이 있다는 점이다.

디자인이나 색깔이 저속하지 않은 양탄자가 마룻바닥을 거의 덮고 있다. 가운데에는 둥근 탁자가 있고, 그 위에 녹색 갓을 씌운 독서등이 놓여 있다. 독서등의 전원은 천장 샹들리에에 달린 네 개의 소켓 중 하나에 꽂혀 있다. 탁자 주위로 독서등의 빛이 닿는 범위 안에 의자 네 개가 있다. 세 개는 고리버들로 만든 안락의자이고, 탁자의 오른편 앞쪽에 있는 나머지 하나는 니스 칠을 한 오크목 흔들의자로 앉는 부분에 가죽을 씌웠다.

아침 8시 30분경. 오른쪽 창으로 햇살이 든다.

막이 오르면, 가족들은 막 아침 식사를 끝낸 참이다. 메리 타이론과 그녀의 남편이 식당에서 뒤쪽 응접실을 거쳐 거실로 들어온다.

메리는 쉰네 살로 키는 중간 정도이다. 아직 젊고 우아한 자태를 간직하고 있으며 좀 통통하긴 하지만 코르셋으로 단단히 조이지 않았는데도 허리와 엉덩이에서 중년의 모습을 찾아볼 수가 없다. 얼굴은 분명한 아일랜드 형이다. 한때는 눈부시게 아름다웠을 것이며 여전히 눈길을 *끄는* 미모이다. 그러나 건강한 몸매와는 달리 얼굴은 광대뼈가 도드라져 보이도록 말랐고, 핏기가 없이 창백하다. 곧게 뻗은 긴 코에 입이 크고 입술은 도톰하고 섬세하다. 그녀는 립스틱도 바르지 않고 화장도 하지 않는다. 숱 많은 새하얀 머리칼이 볼록한 이마를 감싸고 있다. 창백한 얼굴과 흰머리에 대비되어 흑갈색 눈동자가 더욱 검게 보인다. 눈이 유난히 크고 아름다우며, 긴 속눈썹은 위로 살짝 말려 있고, 눈썹은 검다.

단번에 눈길을 끄는 건 극도로 초조해하는 그녀의 태도다. 그녀는 잠시도 손을 가만히 두지 못한다. 손가락이 길고 끝으로 갈수록 가는 것이 한때는 아름다운 손이었겠지만, 관절염으로 마디가 울퉁불퉁해지고 손가락이 뒤틀려서 이제는 흉하고 기형적인 모습을 하고 있다. 사람들은 그녀가 자신의 손에 예민한 데다 그로 인한 초조감을 감추지 못해 오히려 더 시선을 끌게 된다는 사실을 창피하게 여긴다는 걸 의식하고 그 손에서 눈길을 돌리게 된다.

그녀의 옷은 수수하지만 자신에게 무엇이 어울리는지를 분명히 알고 입은 옷차림이다. 머리는 공들여 매만진 듯하다. 그녀의 음성은 부드럽고 매혹적이며 즐거울 때는 아일랜드인 특유의 경쾌한 리듬이 들어간다.

그녀의 가장 큰 매력은, 그녀가 항상 간직해 온 수줍은 수녀원 여학생의 젊음에서 우러나오는 천진하고 꾸밈없는 아름다움, 즉 타고난 천상의 순수함이다.

제임스 타이론은 예순다섯 살이지만 나이보다 십 년은 젊어 보인다. 키는 1미터 73센티미터쯤 되고, 떡 벌어진 어깨에 탄탄한 가슴을 지녔다. 군인처럼 고개를 들고 가슴을 내밀면서 배를 들이미는 동시에 어깨를 쫙 편 자세가 몸에 배어 실제보다 더 크고 날씬해 보인다. 얼굴은 나이를 못 이겨 무너지기 시작했지만, 잘생긴 커다란 두상에 수려한 옆얼굴하며 움푹 들어간 연갈색 눈이 여전히 눈에 띄는 호남형이다. 숱이 적은 머리는 반백이 되었고, 체발(剃髮)한 수도사처럼 정수리 부분이 동그랗게 벗겨져 있다.

그에겐 직업의 흔적이 뚜렷이 남아 있다. 그것은 무대 배우가 일부러 꾸며 내는 신경질적인 태도를 그가 즐겨서가 아니다. 그는 본디 소박하고 겉꾸밈이 없는 인물로, 미천했던 어린 시절과 아일랜드 농군인 조상들의 영향으로 얻은 성향들을 아직도 버리지 못하고 있다. 그러나 몸에 밴 말투, 행동, 몸짓에서 배우의 모습이 보인다. 이런 무의식적인 습관들은 연기를 익히면서 생긴 것들이다. 그의 목소리는 아름답고 낭랑하고 유연하며, 그는 이것을 매우 자랑스럽게 여긴다.

그의 차림새는 확실히 로맨틱한 역에는 어울리지 않는다. 낡은 회색 기성복에 광택 없는 검정 구두를 신었고, 칼라 없는 셔츠에 목에는 두꺼운 흰 손수건을 느슨하게 매고 있다. 그렇다고 제멋에 겨워 아무렇게나 걸친 것은 아니다. 그저 흔히 볼 수 있는 남루한 차림일 뿐이다. 그는 옷을 입을 때 실용성만을 따지는 인물로, 지금은 정원 일을 하는 데 편하도록 입었을 뿐 모양새에는 전혀 신경을 쓰지 않았다.

그는 평생 단 하루도 앓아 본 적이 없다. 신경과민도 모른다. 둔감하고 순박한 농부 기질이 다분하며 감상적인 침울함은 간간이 보이고, 직관적인 감수성은 드물게 스쳐 지나가는 정도다.

타이론은 뒤쪽의 응접실에서 나오면서 아내의 허리를 팔로 감싸고 있다. 그는 거실로 들어오면서 장난스럽게 아내를 껴안는다.

**타이론**  당신 이제 아주 한 아름인걸, 메리. 9킬로그램이 늘더니.

**메리**  (애정 어린 미소를 지으며) 너무 뚱뚱해졌단 말씀이죠? 살을 빼야 하는데.

**타이론**  그런 뜻이 아닙니다, 부인! 지금이 딱 좋아요. 살 뺀다는 소리는 하지도 말아요. 그래서 아침을 그렇게 적게 먹은 거요?

**메리**  적게요? 난 많이 먹었다고 생각하는데.

**타이론**  그렇지 않소. 그 정도로는 내 성에 안 차.

**메리**  (놀리듯) 그러시겠죠! 당신은 세상 사람들이 다 당신처럼 아침을 잔뜩 먹어야 한다고 생각하는 분이니까. 그랬다간 다들 소화불량으로 죽고 말걸요. (그녀는 앞으로 걸어나와 탁자 오른쪽에 선다.)

**타이론**  (그녀를 따라가며) 내가 그렇게까지 엄청난 대식가는 아니길 바라오. (진심으로 만족스러워하며) 그래도 예순다섯 나이에 아직도 식욕이 왕성하고 스무 살 청년처럼 소화를 잘 시키니 감사할 일이지.

**메리**  그럼요, 제임스. 그건 아무도 부인할 수 없는 사실이죠. (그녀는 웃으면서 탁자 오른쪽 뒤편의 고리버들 안락의자에 앉는다. 타이론은 그녀의 뒤로 돌아서 탁자에 놓인 상자에서 시가 하나를 골라 작은 가위로 끝을 잘라 낸다. 식당에서 제이미와 에드먼드의 목소리가 들려온다. 메리가 그쪽으로 고개를 돌린다.) 저 애들은 왜 식당에서 저러고 있나 모르겠네? 캐슬린이 식탁을 치우려고 기다리고 있을 텐데.

**타이론**  (농담조로 말하면서도 은근히 노기를 품고) 내가 들어서는 안 될 비밀 얘기라도 나누는 모양이지. 틀림없이 제 아비 비위를 건드릴 모의를 하고 있을 거야. (메리는 아들들의 목소리가 들려오는 쪽으로 고개를 돌린 채 아무 대꾸도 하지 않는다. 그녀의 손이 탁자 위로 올라와 초조하게 움직인다. 타이론은 시가에 불을 붙이고 자기 자리인 탁자 오른쪽의 흔들의자에 앉아 기분 좋게 시가를 피운다.) 이 세상에 아침 먹고 피우는 시가만 한 건 없지. 좋은 시가라면 말야. 이번에 새로 산 것은 향이 아주 그윽해. 게다가 아주 싸게 샀지. 거저나 다름없었다니까. 맥과이어가 권해서 샀거든.

**메리**  (좀 신랄하게) 그러면서 땅까지 사도록 권하지는 않았겠죠? 그 사람이 싸다고 소개해서 산 부동산들은 신통치가 않잖아요.

**타이론**  (방어적으로) 그렇진 않지, 메리. 체스트넛 거리의 그 집도 그의 소개로 샀는데 바로 팔아서 제법 돈을 벌었잖소.

메리　(짓궂은 애정이 담긴 미소를 지으며) 알아요. 어쩌다 운이 좋았던 거죠. 분명 맥과이어는 꿈도 꾸지 못했던…… (그러다 남편의 손을 토닥거리며) 그만둬요, 제임스. 당신이 노련한 부동산 투기꾼이 못 되는 걸 깨닫게 하려고 애써 봤자 내 입만 아프죠.

타이론　(발끈해서) 누가 그렇대? 하지만 땅은 땅이야. 땅이 월 가(街) 사기꾼들의 주식이나 채권보다야 안전하지. (그런 다음 달래듯이) 아침부터 그런 얘기로 옥신각신하지 맙시다.

(사이. 다시 아들들의 목소리가 들려오고 한 명이 발작적인 기침을 해 댄다. 메리는 걱정스럽게 귀 기울인다. 그녀의 손가락들이 탁자 위에서 초조하게 움직인다.)

메리　제임스, 더 먹으라고 잔소리를 해야 할 사람은 내가 아니라 에드먼드예요. 커피 말고는 음식에 거의 손도 안 댔어요. 걘 기운을 차리려면 좀 먹어야 해요. 내가 아무리 먹으라 먹으라 해도 입맛이 없다고만 해요. 하기야, 독한 여름 감기만큼 입맛을 달아나게 하는 것도 없지만.

타이론　그래, 입맛이 없는 게 당연하지. 그러니 당신도 너무 걱정 말고…….

메리　(재빨리) 걱정은 무슨. 며칠 푹 쉬면 나을 텐데. (그 얘기를 떨쳐 버리고 싶지만 잘 안 되는 듯) 그렇지만 하필 이런 때 아프다니 너무한 것 같아요.

타이론    그래, 운도 없지. (걱정스런 눈길로 아내를 슬쩍 보면
       서) 메리, 그렇다고 속 끓이면 안 돼요. 당신 건강
       도 돌봐야 한다는 걸 명심해요.

메리     (재빨리) 속 안 끓여요. 속 끓일 일이 뭐가 있어요.
       왜 내가 속을 끓인다고 생각해요?

타이론    아니, 아니오. 요 며칠 좀 신경이 예민해진 것 같
       아서.

메리     (억지로 미소 지으며) 내가요? 말도 안 돼. 당신이
       괜한 걱정을 하는 거예요. (갑자기 긴장하며) 제임
       스, 그렇게 계속 감시하듯 보지 말아요. 자꾸 신
       경 쓰이잖아요.

타이론    (초조히 움직이는 아내의 손에 자신의 손을 얹으며)
       자, 자, 메리. 당신이 오해하는 거요. 내가 당신을
       계속 봤다면 당신이 살이 오르고 아름다워져서
       감탄하느라 그랬던 거요. (그는 갑자기 사무치는 감
       정에 목소리가 떨린다.) 여보, 당신이 이렇게 돌아와
       사랑스런 예전 모습을 되찾은 걸 보고 있으면 어
       찌나 행복한지, 뭐라고 표현할 수가 없소. (그는 충
       동적으로 아내에게 몸을 기울여 뺨에 입을 맞춘다. 그
       런 다음 바로 앉으며 부자연스럽게 덧붙인다.) 그러니
       계속 노력해 줘요.

메리     (고개를 돌린 채) 그럴게요. (초조하게 몸을 일으켜
       오른쪽 창가로 간다.) 어머, 고맙게도 안개가 걷혔
       네. (돌아서며) 오늘 아침엔 몸이 찌뿌드드해요. 밤

새 무적(霧笛)[1]이 시끄럽게 울려 대는 바람에 잠을 잘 못 잤거든요.

타이론 　그래, 뒷마당에서 병든 고래가 우는 것 같더군. 나도 잠을 설쳤어.

메리 　(애정을 갖고 재미있어하며) 그랬어요? 당신은 잠을 참 이상하게 설치는군요. 당신이 어쩌나 심하게 코를 고는지 어떤 게 코 고는 소리고 어떤 게 경적 소린지도 모르겠던데! (그녀는 소리 내어 웃으며 남편에게로 가서 장난스럽게 그의 뺨을 토닥인다.) 경적 열 개가 울려 대도 당신은 잠만 잘 주무실걸요. 워낙 무신경해서. 당신은 원래 그런 분이잖아요.

타이론 　(자만심에 상처를 입고 통명스럽게) 말도 안 되는 소리. 당신은 내가 코 고는 걸 갖고 항상 과장을 한다니까.

메리 　과장이라고요? 당신 귀로 직접 들어 보면…… (식당에서 한바탕 웃음이 터진다. 그녀는 미소 지으며 고개를 돌린다.) 뭐가 저리 우스울까요?

타이론 　(심술이 나서) 내 얘기야. 틀림없다고. 만나기만 하면 아비 흉이지.

메리 　(놀리듯) 그럼요, 온 가족이 당신 흉만 보죠, 안 그래요? 당신은 구박덩어리죠! (소리 내어 웃고는 기

---

1) 해상에 안개가 끼었을 때 선박의 충돌을 피하기 위해 선박이나 등대에서 울리는 경적.

쁘고 안도하는 태도로) 누구 얘기를 하는 거든 에
드먼드가 저렇게 웃는 소리를 들으니 마음이 놓
이네요. 요즘 너무 풀이 죽어 있었는데.

**타이론** (아내의 말은 들은 체도 않고 화를 내며) 제이미가
농담을 한 거야. 틀림없어. 갠 눈만 뜨면 남 비웃
는 게 일이니까.

**메리** 당신 또 가엾은 제이미를 비난하는군요. (확신 없
이) 갠도 때가 되면 마음을 잡을 거예요. 두고보
세요.

**타이론** 마음을 잡으려면 빨리 잡아야지. 서른넷이 다 됐
는데.

**메리** (못 들은 체하며) 아이고, 애들이 하루 종일 식당
에 앉아 있으려나? (뒤쪽 응접실 문간으로 가서 소
리친다.) 제이미! 에드먼드! 거실로 와야 캐슬린이
식탁을 치우지.
(에드먼드가 큰 소리로 대답한다. "지금 가요, 어머니."
메리는 탁자로 돌아온다.)

**타이론** (투덜대며) 당신은 갠가 무슨 짓을 해도 감싸고 돌
사람이야.

**메리** (남편 옆에 앉으며 그의 손을 토닥인다.) 쉿.


그들의 두 아들, 제임스 주니어와 에드먼드가 뒤쪽 응접실
을 통해 나온다. 그들은 아직도 웃음기가 가시지 않은 얼굴로
히죽거리다가 앞으로 나오면서 아버지를 흘낏 보고는 더욱 심

하게 히죽댄다.

형 제이미는 서른세 살이다. 아버지를 닮아 어깨가 넓고 가슴이 탄탄한 체격이다. 아버지보다 2, 3센티미터는 더 크고 몸무게도 적게 나가지만 우아한 몸가짐이 없다 보니, 아버지보다 키도 작고 뚱뚱해 보인다. 아버지의 넘치는 활력 또한 갖지 못했다. 때 이르게 노화의 흔적들이 보인다. 그의 얼굴엔 방탕함의 자취들이 남아 있지만 외모는 여전히 수려한 편이다. 어머니보다 아버지를 닮긴 했지만 타이론만큼 잘생기진 못했다. 눈동자는 아버지의 엷은 갈색과 어머니의 흑갈색의 중간인 순수한 갈색이다. 머리칼은 점점 숱이 줄고 있으며 벌써 타이론처럼 대머리 증세가 보인다. 코는 다른 가족들과는 달리 뚜렷한 매부리코이다. 그가 습관적으로 짓는 냉소적인 표정과 그 매부리코가 어우러져 메피스토펠레스 같은 인상을 준다. 그러나 어쩌다 냉소가 어리지 않은 미소를 지을 때면 익살스럽고 낭만적이고 무책임한 아일랜드인의 매력이 엿보인다. 그 매력은 감상적인 시인의 기질과 더불어 무능력한 사내들이 여자들에게는 유혹적으로 보이고, 남자들 사이에서는 인기를 끌도록 만들어 주는 것이다.

그도 낡은 정장을 입었지만, 셔츠 칼라도 달고 타이도 갖춰 매어 아버지의 것처럼 허름하지는 않다. 흰 살결이 볕에 타서 불그스레하고 기미가 있다.

에드먼드는 형보다 열 살 아래이다. 키는 형보다 5센티미터쯤 크고 살집은 없어도 강인한 체격이다. 제이미가 어머니의 모습은 거의 없고 아버지를 많이 닮은 데 비해 에드먼드는 양친의 모습이 모두 있으면서도 어머니를 더 닮았다. 크고 검은 눈이 아일랜드적인 길쭉한 얼굴에서 가장 두드러진다. 입은 어머니의 그것처럼 예민한 감수성을 담고 있다. 이마는 어머니의 이마를 강조해 놓은 형태이고, 끝 부분이 햇볕에 붉게 탈색된 짙은 갈색 머리는 뒤로 빗어 넘겼다. 그러나 코는 아버지를 닮았고 옆얼굴도 아버지를 연상시킨다. 손은 손가락이 유난히 긴 것이 눈에 띄게 어머니를 닮았다. 이 모자(母子)는 좀 신경과민이라는 점까지도 비슷하다. 두 사람의 가장 뚜렷한 공통점은 극도로 예민한 기질이다.

에드먼드는 병색이 완연하다. 몸이 너무 말랐고 눈이 열기(熱氣)로 흐릿하고 뺨이 움푹 꺼졌다. 피부도 햇볕에 짙은 갈색으로 탔는데도 푸석푸석하고 혈색이 나쁘다. 그는 셔츠에 칼라를 달고 타이를 맸으며, 웃옷은 걸치지 않고 낡은 플란넬 바지에 갈색 운동화를 신었다.

메리　(미소 띤 얼굴로 아들들을 돌아보며 조금은 억지로 꾸민 명랑한 목소리로) 지금 너희 아버지 코 고는 걸 갖고 놀리고 있던 참이란다. (타이론에게) 제임스, 판단은 당신 아들들에게 맡기겠어요. 쟤들도 들었을 테니까. 아니, 제이미 넌 안 되지. 네 코 고는 소리도 우리 방까지 들리더구나. 어쩌면 부자지간에 그렇게 똑같은지. 넌 베개에 머리가 닿기가 무섭게 곯아떨어져서 무적이 아무리 요란하게 울려대도 모르고 자니까. (그녀는 제이미가 탐색하는 듯한 불안한 눈길로 자신을 응시하는 걸 느끼고 얼른 입을 다문다. 얼굴에서 미소가 사라지고 부자연스러운 태도가 된다.) 왜 그렇게 보는 거니, 제이미? (그녀의 손이 초조하게 머리로 올라간다.) 내 머리칼이 내려왔니? 이제 머리를 제대로 만지기가 힘들어. 눈은 갈수록 침침해지는데 도대체 안경을 찾을 수가 있어야지.

제이미   (양심의 가책을 느끼는 듯 시선을 외면하며) 머리는 괜찮아요. 어머니 얼굴이 좋아 보이셔서요.

타이론   (진심으로) 나도 그 말을 하고 있던 참이다, 제이미. 네 어머니 말이다, 이제 살도 찌고 팔팔해져서 조금 있으면 안지도 못하겠어.

에드먼드   맞아요, 아주 좋아 보여요, 어머니. (메리는 안심하며 그에게 다정한 미소를 보낸다. 에드먼드는 장난스럽게 씩 웃으며 윙크한다.) 아버지 코 고는 문제는 어머니 말씀이 옳아요. 얼마나 요란한지!

제이미   나도 들었어요. (그는 삼류 배우 흉내를 내며 연극 대사를 인용한다.) "무어인입니다, 나팔 소리만 들어도 알지요."[2](어머니와 동생이 큰 소리로 웃는다.)

타이론   (냉혹하게) 내 코 고는 소리를 듣고 경마 정보지가

아닌 셰익스피어를 생각했다니 앞으로도 계속 코
를 골아야겠구나.

**메리** 그만해요, 제임스! 그렇게 발끈할 일도 아닌데.
(제이미는 어깨를 으쓱하고는 어머니 오른쪽의 의자에
앉는다.)

**에드먼드** (짜증스럽게) 맞아요, 제발요, 아버지! 아침 먹기가
무섭게 또 시작이에요! 좀 그만하실 수 없어요?
예? (그는 탁자 왼쪽에 있는 형 옆의 의자에 털썩 앉
는다. 타이론은 못 들은 체한다.)

**메리** (아들을 나무라며) 아버지가 너한테 뭐라고 하신
게 아니잖아. 넌 항상 제이미 편만 드는구나. 네가
형보다 열 살 위인 것 같다.

**제이미** (지겹다는 듯) 왜들 난리예요? 다 그만둬요.

**타이론** (경멸하는 태도로) 그래, 그만두자! 다 그만두고 다
피해 버려! 야망이라곤 없는 인간에겐 편리한 인
생 철학이지. 고작 하는 짓이라곤⋯⋯.

**메리** 제임스, 그만 해요. (달래듯이 한 팔로 남편의 어깨
를 감싸며) 당신 오늘 아침엔 기분이 안 좋은가 봐
요. (화제를 바꿔 아들들에게) 너희들 아까 들어올
때 왜 그렇게 히죽거리고 웃었니? 무슨 재미난 얘
기를 했는데?

---

2) 셰익스피어의 『오셀로』 2막 1장에서 이야고가 오셀로의 나팔 소리를 듣
고 하는 말이다.

타이론  (관대해지려고 안간힘을 쓰며) 그래, 우리도 좀 들어
보자. 틀림없이 내 얘기라고 너희 어머니에게도
말했다만, 괜찮다. 이젠 이골이 났으니까.

제이미  (냉담하게) 절 보지 마세요. 꼬맹이가 한 얘기니까.

에드먼드  (히죽 웃으며) 어젯밤에 말씀드리려고 했는데 깜빡
잊었어요, 아버지. 사실은 어제 바람 쐬러 나갔다
가 술집에 잠깐 들렀는데……

메리  (걱정스럽게) 에드먼드, 넌 지금 술 마시면 안 돼.

에드먼드  (못 들은 척) 거기서 누굴 만난 줄 아세요! 아버지
농장 소작인 쇼네시요. 잔뜩 취해 있더라고요.

메리  (미소 지으며) 아주 지독한 사람이지! 그래도 재미
있어.

타이론  (얼굴을 찌푸리며) 농장주 입장에서 보면 재미있을
것도 없어. 그자는 교활한 가난뱅이 아일랜드인이
야. 속이 아주 시커먼 인간이지. 그래, 그자가 이
번엔 무슨 불평을 하더냐, 에드먼드. 틀림없이 불
평을 늘어놨을 거야. 소작료를 내려 줬으면 하겠
지. 그냥 놀리기가 뭐해서 거저 빌려주다시피 했
는데도 내쫓겠다고 으름장을 놔야만 돈을 낸다
니까.

에드먼드  아뇨, 불평 같은 건 없었어요. 인생이 너무 즐겁
다며 술까지 산걸요. 생전 그런 일이 없던 사람이
말예요. 아버지 친구 하커 있잖아요, 스탠더드 정
유소의 부자요. 그 사람하고 한판 붙어서 멋지게

이겼다고 좋아하고 있었어요.

메리    (즐겁게 당황하며) 어머나! 제임스, 당신 어떻게든 대책을…….

타이론    빌어먹을 쇼네시!

제이미    (심술궂게) 다음에 클럽에서 하커를 만나면 아버지가 정중히 인사해도 못 본 척하겠군요.

에드먼드    맞아요. 미국의 왕을 몰라보고 날뛰는 소작인을 두었으니, 하커는 아버지를 신사가 못 된다고 여길 거예요.

타이론    사회주의자가 나불대는 소리는 신경 안 써. 그런 얘긴 듣고 싶지…….

메리    (재치 있게) 계속하렴, 에드먼드.

에드먼드    (약 올리듯 아버지를 보고 히죽거리며) 아버지도 또 아시다시피 하커 사유지의 냉각못[3]이 농장 바로 옆이고, 또 아시다시피 쇼네시가 돼지를 키우잖아요. 그런데 울타리가 조금 망가진 데가 있어서 돼지들이 그 백만장자의 연못에 가서 목욕을 하곤 했는데, 하커의 관리인이 주인에게 쇼네시가 자기네 돼지들을 뒹굴고 놀게 하려고 일부러 울타리를 망가뜨린 거라고 고해바친 모양이에요.

메리    (놀라면서도 재미있어하며) 어머, 세상에!

타이론    (심술궂게, 그러면서도 좀 감탄하는 기색으로) 나도

---

[3] 산업용 냉각수로 이용하는 연못을 가리킨다.

　　　　　　　 그 비열한 망나니의 짓이라고 생각해. 그 작자다
　　　　　　　 운 짓이니까.

**에드먼드**　그래서 하커가 몸소 쇼네시를 꾸짖으러 나타나셨
　　　　　　　 대요. (킬킬대며) 완전히 실책이었죠! 이 사회의 부
　　　　　　　 호들, 그중에서도 특히 부모의 재산을 물려받아
　　　　　　　 부자가 된 인간들은 위대한 지적 능력의 소유자
　　　　　　　 가 못 된다는 걸 여지없이 증명한 사건이었어요.

**타이론**　　(생각하기에 앞서 인정부터 한다.) 그래, 하커는 쇼
　　　　　　　 네시의 적수가 못 되지. (그러다 성이 나서 으르렁대
　　　　　　　 며) 그 빌어먹을 무정부주의적인 의견은 입 밖에
　　　　　　　 내지 마라. 내 집에선 그런 소리 용납 못해. (하지
　　　　　　　 만 궁금증을 억누르지 못해) 그래서 어떻게 됐는데?

**에드먼드**　하커가 쇼네시를 찾아간 건 제가 잭 존슨[4]에게
　　　　　　　 싸우자고 덤빈 거나 마찬가지였어요. 쇼네시는 술
　　　　　　　 을 몇 잔 걸치고 대문에서 하커를 기다리고 있었
　　　　　　　 죠. 그러곤 하커가 입을 뗄 틈도 주지 않고 대뜸
　　　　　　　 소리부터 질러 댔대요. 나는 스탠더드 정유가 함
　　　　　　　 부로 짓밟을 수 있는 노예가 아니다, 나도 아일랜
　　　　　　　 드 왕 못지않게 권리가 있는 몸이다, 내 눈에는
　　　　　　　 인간쓰레기는 아무리 가난한 사람들을 착취해서
　　　　　　　 부자가 됐어도 인간쓰레기로밖에 안 보인다, 그렇
　　　　　　　 게 말예요.

―――――――――

4) 미국의 헤비급 권투 선수.

메리     어머, 세상에! (그러나 그녀는 웃음을 참지 못한다.)

에드먼드     그러곤 하커에게, 당신이 내 돼지들을 죽이려고 관리인을 시켜 일부러 울타리를 망가뜨려서 연못으로 꾀어낸 게 아니냐, 내 불쌍한 돼지들이 독감에 걸렸다, 폐렴에 걸려 죽어 가는 놈들이 부지기수고 오염된 물을 마셔서 콜레라로 나자빠진 놈들도 있다면서 악을 써 댔대요. 그리고 손해 배상 청구를 위해 변호사를 샀다고 했대요. 그런 다음에 결론적으로, 농장에 덩굴옻나무, 진드기, 감자딱정벌레, 뱀, 스컹크가 사는 건 참을 수 있지만 자기는 참을 것과 참지 말아야 할 것을 아는 공정한 사내다, 스탠더드 정유 도둑놈이 농장에 침입하는 건 죽어도 못 참는다, 그러니 알아서 그 더러운 발을 치우라고 했대요. 그랬더니 꽁무니를 빼더라는 거예요! (그와 제이미가 웃는다.)

메리     (놀라면서도 쿡쿡 웃으며) 아이고, 그 사람 입담도 어지간하구나!

타이론     (생각에 앞서 감탄하며) 빌어먹을 늙은 악당! 그 인간은 아무도 못 당해 낸다니까! (그는 껄껄 웃다가 뚝 그치고 으르렁댄다.) 야비한 망나니 같으니! 내 입장만 난처하게 됐어. 그자한테 내가 알면 불같이 화를 낼 거라고 말하지…….

에드먼드     아버지가 아시면 아일랜드인의 멋진 승리에 몹시 기뻐하실 거라고 했어요. 사실이잖아요, 아버지.

아닌 척하지 마세요.

타이론  누가 기뻐했다고 그래?

메리  (놀리듯) 뭘 그러세요, 제임스. 당신도 좋으시면서!

타이론  아냐, 메리. 농담은 농담이고…….

에드먼드  제가 쇼네시에게 그랬죠, 냉각수에서 돼지 냄새
가 난다면 딱 어울리는 냄새인데 고맙게 여기지
뭘 그러냐고 스탠더드 석유왕에게 말하지 그랬냐
고요.

타이론  설마 그런 소리를! (인상을 쓰며) 너 그 돼먹지 않
은 사회당 무정부주의로 내 일에 끼어들지 마!

에드먼드  쇼네시는 그때 미처 그 생각을 못한 게 억울해서
눈물까지 보일 기세더군요. 하지만 하커에게 보내
는 편지에 그 말을 넣기로 했죠. 그때 생각 못했
던 다른 몇 가지 욕들과 함께요. (그와 제이미가 소
리 내어 웃는다.)

타이론  뭐가 그렇게들 우습냐? 우스울 것 하나 없다. 그
망나니가 아비를 재판에 끌어들이겠다는데 거들
고 나서? 참 효자로구나.

메리  제임스, 화내지 마세요.

타이론  (제이미에게 고개를 돌리며) 옆에서 부추기는 네가
더 나빠. 그 자리에 나가서 쇼네시에게 더 심한
욕설을 가르쳐 주지 못한 게 한이겠구나. 다른 건
몰라도 그런 재주는 용하니까.

메리  제임스! 왜 애꿎은 제이미를 나무라고 그러세요.

(제이미는 아버지에게 빈정대는 말을 하려다가 어깨를
으쓱하고 만다.)

에드먼드 (갑자기 격하게 화를 내며) 제발요, 아버지! 또 시작
하시는 거라면 전 꺼지겠어요. (벌떡 일어나며) 어
차피 책을 2층에 두고 왔어요. (그는 앞 응접실로
가면서 넌더리가 난다는 듯 말한다.) 아버지, 그 타령
은 이제 신물이 날 때도 됐는데……. (그는 사라진
다. 타이론은 성이 나서 그의 뒷모습을 노려본다.)

메리 에드먼드가 하는 말에 마음 쓰실 것 없어요. 아
픈 애잖아요. (에드먼드가 계단을 올라가며 기침을
하는 소리가 들려온다. 메리가 초조하게 덧붙인다.) 여
름 감기에 짜증 안 날 사람이 없지.

제이미 (진정으로 걱정스러워서) 쟨 그냥 감기가 아녜요.
꼬맹이는 심각하게 아프다고요. (아버지가 날카로
운 경고의 눈초리를 보내지만 그는 보지 못한다.)

메리 (화가 나서 큰아들을 돌아보며) 왜 그런 소릴 하니?
그냥 감기야! 그건 누구라도 알 수 있어! 넌 이상
한 상상만 하고 있구나!

타이론 (다시 제이미에게 경고의 눈짓을 한 다음 편안하게)
제이미 말은 어쩌면 에드먼드에게 다른 증세가 겹
쳐서 감기가 더한 건지도 모르겠다는 거지.

제이미 그럼요, 어머니. 그런 뜻이었어요.

타이론 하디 선생 말로는 걔가 열대 지방에서 걸린 말라
리아 열 기운 때문에 그런지도 모른다더군. 그렇

다면 키니네5)를 쓰면 금방 낫지.

**메리**   (경멸 어린 적대감이 얼굴에 스친다.) 하디 선생요! 난 그 사람 말 절대 안 믿어요. 성경책을 쌓아 놓고 맹세를 한대도 말예요! 난 의사들이 어떤지 알아요. 의사들은 다 똑같아요. 환자를 붙잡기 위해선 무슨 짓이라도 가리지 않죠. (자신을 빤히 보는 남편과 아들의 시선을 느끼고 발작적으로 격한 자의식에 사로잡혀 말을 뚝 끊는다. 두 손이 경련을 일으키듯 신경질적으로 머리로 올라간다. 억지 미소를 지으며) 왜 그래요? 왜 그렇게들 보죠? 내 머리가……?

**타이론**   (아내를 한 팔로 감싸고는 미안한 마음에 장난스럽게 껴안는다.) 머리는 아무 문제도 없어요. 당신, 건강해지고 살이 찌면서 허영심도 늘었군. 이제 거울 앞에서 치장하는 데 반나절씩 걸리겠어.

**메리**   (좀 안심하며) 정말이지 새로 안경을 장만해야겠어요. 눈이 얼마나 나빠졌는지 몰라요.

**타이론**   (아일랜드인다운 다정다감한 태도로) 당신 눈은 아름다워. 그건 당신도 잘 알 거요. (아내에게 키스한다. 메리는 수줍어서 어쩔 줄 모르며 얼굴이 환해진다. 놀랍게도 그 순간 그녀의 얼굴에서 죽은 환영이 아니라 여전히 그녀의 일부로 살아 있는 소녀적의 모습이 보인다.)

---

5) 말라리아 치료의 특효약.

메리   당신도 참 주책이세요. 제이미 앞에서!

타이론  애도 당신 속을 빤히 들여다보고 있는걸. 당신이
       눈이니 머리니 안달복달하는 게 다 칭찬해 달라
       는 뜻이란 걸 모를 줄 알고? 안 그러냐, 제이미?

제이미  (역시 얼굴이 밝아졌고, 어머니에게 보내는 애정 어린
       미소에 소년의 매력이 들어 있다.) 맞아요. 어머니,
       우린 못 속여요.

메리   (소리 내어 웃는다. 목소리에 아일랜드인의 경쾌한 리
       듬이 들어간다.) 둘 다 그만둬요! (그러곤 소녀처럼
       진지하게 말한다.) 그렇지만 옛날엔 머리칼이 참
       아름다웠죠, 안 그래요, 제임스?

타이론  세상에서 제일 아름다웠지!

메리   보기 드문 붉은 빛이 도는 갈색인 데다 무릎 아
       래까지 내려올 정도로 길었죠. 제이미 너도 기억
       날 거야. 에드먼드가 태어나기 전까지는 흰머리가
       하나도 없었으니까. 그때부터 하얗게 세기 시작했
       어. (얼굴에서 소녀다움이 사라진다.)

타이론  (재빨리) 그래서 더 아름다워졌지.

메리   (다시금 쑥스러우면서도 기분이 좋아져서) 네 아버
       지 하시는 말씀 좀 봐라, 제이미. 결혼 생활 삼십
       오 년째인데! 명배우는 거저 되는 게 아니지, 응?
       제임스, 대체 왜 이러세요? 아까 코 곤다고 놀린
       거 미안하라고 일부러 이러시는 거예요? 그렇담
       다 취소할게요. 내가 들은 건 무적 소리뿐이었어

요. (그녀가 먼저 웃음을 터뜨리고 남편과 아들도 따라 웃는다. 그러다 그녀는 활기차고 사무적인 태도로 변한다.) 난 그만 일어나 봐야겠어요. 칭찬이라도 더 들을 시간이 없네요. 요리 담당 하녀와 저녁거리랑 시장 볼 거 의논해야 돼요. (일어서며 익살스럽게 과장된 한숨을 짓는다.) 브리지트는 너무 게을러요. 너무 교활하고. 따끔하게 한마디 하려고 하면 자기 친척들 얘기를 늘어놓는다니까요. 그래도 야단칠 건 쳐야 되는데. (뒤쪽 응접실을 향해 가다가 돌아선다. 얼굴에 다시 근심이 어려 있다.) 제임스, 에드먼드에게 정원 일 시키면 안 돼요, 명심해요. (다시금 묘하게 고집스러운 얼굴이 되며) 걔가 몸이 약해서가 아니라 땀을 흘리면 감기가 더 심해질 수도 있으니까요. (뒤쪽 응접실로 사라진다. 타이론, 나무라는 눈으로 제이미를 돌아본다.)

**타이론**   이런 순 머저리 같으니! 너 그렇게도 생각이 없니? 에드먼드 때문에 심란해하는 네 어머니를 더 걱정시키는 말은 하지 말아야지.

**제이미**   (어깨를 으쓱하며) 좋아요. 마음대로 하세요. 하지만 어머니가 자신을 속이도록 놔두는 건 옳지 않아요. 그러면 나중에 사실을 받아들여야 할 때 충격만 더 커질 뿐이에요. 어머니가 여름 감기 운운하면서 자신을 속이고 있다는 걸 아버지도 아시잖아요. 어머니도 알고 있어요.

**타이론** 안다고? 아직은 아무도 몰라.

**제이미** 전 알아요. 월요일에 에드먼드가 진료받으러 갔을 때 저도 같이 갔었어요. 하디 선생이 말라리아 기운 어쩌고 하는 소리도 들었어요. 시간을 끌려는 핑계예요. 그는 이제 다른 걸 생각하고 있어요. 아버지도 아시잖아요. 어제 그 사람 만나서 다 들었잖아요, 그렇죠?

**타이론** 어제는 아직 확실한 얘기는 할 수 없다고 했어. 오늘 에드먼드가 진료받으러 가기 전에 나한테 전화해 주기로 했다.

**제이미** (천천히) 폐병인 것 같다고 하죠, 그렇죠, 아버지.

**타이론** (마지못해) 그럴 수도 있다고 했어.

**제이미** (울컥해서는 동생에 대한 애정을 드러내며) 불쌍한 녀석! 젠장! (비난하듯 아버지를 돌아보며) 처음 아팠을 때 제대로 된 의사에게 보였더라면 이런 일은 없었을 거예요.

**타이론** 하디 선생이 어때서? 여기서는 죽 우리 주치의였는데.

**제이미** 문제가 많죠! 이 시골 구석에서도 삼류밖에 안 되니까! 그 늙은이는 순 싸구려 돌팔이라고요!

**타이론** 맞다! 마음대로 헐뜯어라! 세상 사람들을 다 헐뜯어! 네 눈엔 다 사기꾼으로 보일 테니까!

**제이미** (경멸적으로) 하디는 1달러밖에 안 받죠. 아버지가 그 인간을 훌륭한 의사라고 생각하는 건 바로 그

것 때문이에요!

타이론  (뜨끔해서) 그만해라! 넌 지금 취하지 않았어! 그러니 술 핑계로……. (자제하며, 좀 방어적으로) 이 아비가 별장 부자들을 우려먹는 잘난 상류층 의사를 댈 형편이 못 된다는 뜻이라면…….

제이미  형편이 못 돼요? 아버진 이 근방에서 제일 가는 땅부자예요.

타이론  그렇다고 진짜 부자는 아냐. 다 저당 잡힌…….

제이미  그야 돈은 안 갚고 자꾸 사들이기만 하니까요. 에드먼드가 아버지가 좋아하는 땅덩어리였다면 돈 아까운 줄 몰랐을걸요!

타이론  헛소리! 하디 선생을 비웃는 말도 다 헛소리야! 그는 가식도 없고 고급 동네에 병원을 갖고 있지도 않고 비싼 차도 안 굴려. 혀 한번 들여다보고 5달러씩 받아먹는 의사들이 실력이 좋아서 그렇게 비싼 줄 알아? 다 그런 데 들어가는 돈이지.

제이미  (냉소적으로 어깨를 으쓱하며) 알았어요. 따지는 내가 바보지. 본성은 고칠 수가 없는 법이죠.

타이론  (부아가 치밀어서) 암, 못 고치지. 그거야 네가 너무 잘 가르쳐 줬지. 나는 이제 너 새사람 되는 거 기대도 안 한다. 감히 내 형편을 따져? 넌 1달러의 가치를 몰라! 앞으로도 영원히 모를 거야! 평생 돈 한 푼 저축한 적이 없으니까! 시즌이 끝날 때마다 무일푼이지! 주급만 나오면 창녀와 위스키에 다 써 버리니까!

제이미　주급이라고요! 제기랄!

타이론　그것도 너한텐 과분해. 그리고 이 아비 아니었으면 그나마도 못 벌었어. 네가 내 아들이 아니었다면 누가 너한테 배역을 줬겠니? 평판이 그렇게 나쁜데. 이 아비가 어쨌는 줄 알아? 아들놈이 새사람이 됐다고 거짓말을 하면서 자존심을 굽히고 구걸을 했어!

제이미　전 애초에 배우 할 생각은 없었어요. 아버지가 억지로 무대에 세운 거지.

타이론　거짓말 마! 다른 일은 찾아볼 생각도 안 했잖아. 넌 아비한테 직업 구하는 일까지 떠맡겼고 내가 힘을 쓸 수 있는 데는 연극 바닥뿐이었어. 억지로? 넌 술집에서 빈둥거리는 것 말고는 하고 싶은 게 없었어! 게으른 팔푼이처럼 팔짱 끼고 앉아서 평생 아비한테 빌붙어 사는 걸로 만족했지! 공부 좀 시켜 보겠다고 그렇게 돈을 처들였는데 가는 대학마다 쫓겨나고!

제이미　제발 다 지나간 옛날 얘기 좀 들추지 마세요!

타이론　네가 여름마다 아비한테 얹혀살러 오는 한 지나간 옛날 얘기가 아냐.

제이미　정원 일로 먹고 자는 값은 하고 있어요. 일꾼 한 사람 품삯은 덜잖아요.

타이론　흥! 그나마도 억지로 몰아대야 겨우 하면서! (분노가 사그라들며 지친 푸념이 된다.) 고마워하는 기색이라도 보이면 내가 말을 안 해. 고작 한다는 짓이 아비를 비열한 수전노라고 비웃고, 아비 직업을 비웃고, 저만 빼고 세상 만사를 다 비웃는 게 전부지.

제이미    (잔뜩 비꼬아서) 그렇지 않아요, 아버지. 제가 하는 혼잣말을 못 들어서 그런 말씀 하시는 거예요.

타이론    (무슨 소린지 몰라서 아들을 빤히 보다가 기계적으로 연극 대사를 인용한다.) "배은망덕, 잡초 중에서도 제일 지독한 잡초!"

제이미    그 대사가 나올 줄 알았어요! 벌써 수천 번은 들은……! (아버지와의 말다툼에 신물이 나서 말을 끊고 어깨를 으쓱한다.) 좋아요, 아버지. 저 건달이에요. 뭐라고 해도 좋으니까 제발 그만 좀 해요.

타이론    (이제 분개해서 호소한다.) 그 머리에 어리석은 생각 대신 야망이 들어 있다면 얼마나 좋겠니! 넌 아직 젊어. 이름을 낼 기회는 아직도 있어. 넌 훌륭한 배우가 될 소질이 있었어! 아직도 있고. 넌 내 아들이고……!

제이미    (지겨워서) 제 얘긴 그만 해요. 관심 없으니까. 아버지도 그렇잖아요. (타이론도 포기한다. 제이미, 아무렇지도 않게 말을 잇는다.) 어쩌다 이런 얘기가 나왔죠? 그래, 하디 선생. 언제 전화한댔어요?

타이론    점심때쯤. (잠시 사이를 두었다가 방어적으로) 에드먼드에게 하디 선생보다 나은 의사는 없어. 걔가 요만할 때부터 여기 살 때는 아플 때마다 하디 선생에게 보였으니까. 걔의 체질을 하디 선생만큼 잘 아는 의사는 없어. 넌 내가 구두쇠라 그랬다고 생각하지만 그게 아냐. (가혹하게) 그리고, 미국 최고의 전문의를 붙인들 무슨 소용이냐? 대학에서 쫓겨난 뒤로 엉망으로 살면서 일부러 몸을 망친 녀석인데. 그전에 고등학교 다닐 때부터 네 흉내를 내면서 방탕한 생활을 하기 시작했어. 너처럼 몸이 튼튼하지도 못하면서 말야. 너야 나 닮아서 체격도 좋고 건강하지만—지금은 몰라도 그 나이 땐 그랬어—걘 어미를 닮아서 신경질적이고 약하잖니. 그러면 몸이 못 배긴다고 그렇게 타일렀건만 내 말은 귓등으로 듣더니 이제 너무 늦었어.

**제이미**    (날카롭게) 너무 늦었다니, 무슨 뜻이에요? 그러니까 아버지 생각에는…….

**타이론**    (죄책감에 벌컥 화를 내며) 어리석은 소리 마! 뜻은 무슨 뜻! 걔가 몸이 상해서 저렇게 오래 골골할 수도 있다는 거야.

**제이미**    (아버지의 설명을 무시하고 빤히 보면서) 폐병을 불치병이라고 여기는 건 아일랜드 시골뜨기의 생각이에요. 습지 오두막에 살면 그럴 수도 있겠지만 여기서는 현대식 치료를 받으면…….

타이론　내가 그걸 모르는 줄 알아! 그리고, 어디서 그런 헛소리들을 지껄여 대! 그 더러운 입으로 시골뜨기니, 습지니, 오두막이니 하면서 아일랜드를 비웃다니! (비난조로) 에드먼드의 병 얘기는 안 하는 게 양심에 덜 찔릴 거다. 누구보다도 네 책임이 크니까!

제이미　(뜨끔해서) 말도 안 돼요! 아버지, 그런 소리는 못 참아요!

타이론　사실이야! 네가 걔를 그렇게 물들여 놨어. 걘 너를 영웅으로 알고 자랐어! 꽤나 훌륭한 본보기였지! 넌 걔한테 순 못된 짓들만 가르쳤어! 나이보다 조숙하게 만들고, 걔 머리에 네 잘난 처세술을 잔뜩 집어넣었어! 제 형이 인생에 실패해서 정신이 썩은 것도, 세상 남자들은 다 영혼을 팔아먹는 악당이고 여자들은 모두 창녀 아니면 멍청이라고 믿고 싶어한다는 것도 모르는 어린애한테!

제이미　(다시금 지친 무관심으로 방어한다.) 좋아요. 제가 에드먼드한테 세상에 대해 가르쳐 줬어요. 하지만 그건 걔가 소동을 일으키기 시작한 뒤부터였어요. 형답게 좋은 충고를 해 주려고 하면 걘 저를 비웃었어요. 그래서 개랑 친구처럼 마음을 터놓고 지내면서 걔가 형의 실수들을 통해서…… (어깨를 으쓱하고는 냉소적으로) 훌륭한 사람은 못 되더라도 최소한 신중하게는 살아야 한다는 걸 깨닫게 하려고 했던 것뿐이에요. (타이론은 경멸적으로 코웃음을 친다. 제이미, 갑자기 감정이 복받쳐서) 아버지, 그건 말도 안 되는 비난이에요. 꼬맹이가 저한테 얼마나 소중한 동생인지, 우리가 얼마나 우애가 좋은지 아시잖아요. 우린 다른 형제들과는 다르다고요! 걜 위해서라면 전 무슨 짓이라도 할 수 있어요.

타이론 (감동해서 달래듯이) 제이미, 네 딴에는 잘하느라고 그랬을 거라는 거 안다. 일부러 걜 망치려고 그랬다는 소리가 아냐.

제이미 그래도 말이 안 돼요! 에드먼드는 제 마음이 내키지 않으면 누구의 영향도 받지 않는 애예요. 걔가 말이 없고 조용하니까 사람들은 걜 마음대로 주무를 수 있을 거라고 착각하죠. 그렇지만 걘 속으로는 고집불통이라 저 내키는 일만 하지 남의 말은 안 들어요! 요 몇 년 동안 뱃사람이 되어 온 세상을 떠돌며 벌인 위험하기 짝이 없는 곡예들이 저랑 무슨 상관이 있겠어요. 전 그걸 바보 천치 같은 짓이라고 생각했고, 걔한테 그런 말도 했어요. 아버지도 아시다시피 제가 남미에 가서 배에서 쫓겨나는 신세가 되거나 불결한 지하방에 살면서 싸구려 술이나 마시는 걸 좋아할 사람이에요? 천만에요! 저 같으면 브로드웨이와 욕실 딸린 방과 제대로 묵힌 버번을 내놓는 술집을 절대 안 떠나죠.

**타이론**  너와 브로드웨이! 지금의 너를 만든 게 브로드웨이지! (대견해하는 어조로) 그래도 에드먼드는 혼자 떠날 배짱이 있었어. 무일푼이 되자마자 아비한테 쪼르르 달려와서 징징댈 수 없는 곳으로 말야.

**제이미**  (뜨끔해서 냉소적으로 질투심을 드러내며) 걔도 결국은 늘 무일푼으로 돌아왔어요, 안 그래요? 그리고 그렇게 떠나서 결국 어떻게 됐죠? 걔 꼴을 보세요! (갑자기 부끄러워하며) 젠장! 이런 소리를 지껄이다니. 진심이 아니었어요.

**타이론**  (들은 척도 않고) 걘 신문사 일을 잘해 왔어. 마침내 개가 원하는 일을 찾은 것이길 바랐는데.

**제이미**  (다시 질투심에 차서 비웃는다.) 그깟 촌구석 신문! 신문사에서 걔에 대해 아버지한테 뭐라고 헛소리를 했는지 몰라도 저한테는 아주 무능한 기자라고 하더군요. 아버지 아들만 아니라면……. (다시 부끄러워져서) 아니, 그건 사실이 아니에요! 신문사에선 걔를 좋아해요. 특별 기고를 잘 쓴다고. 걔가 쓴 시하고 패러디 몇 편은 아주 훌륭하대요. (다시 인색하게) 그걸로 최고가 될 수 있는 건 아니지만. (황급히) 그렇지만 멋진 출발을 한 건 사실이죠.

**타이론**  그래. 걘 출발이라도 했지. 넌 신문기자가 되고 싶다는 말만 했지 바닥에서부터 시작할 생각은 하지도 않았지. 넌 그저…….

제이미    제발요, 아버지! 제 얘긴 그만 좀 할 수 없어요?

타이론    (아들을 노려보다가 외면한다. 잠시 사이를 두고) 하필 이런 때 병이 나다니 운도 없지. 걔한테는 절대 아파선 안 되는 시기인데. (은밀한 불안감을 감추지 못하며 덧붙인다.) 네 어머니한테도 그렇고. 모든 시름을 잊고 편안히 안정을 취해야 할 사람이 에드먼드 때문에 저렇게 심란해하고 있으니. 처음 집에 와서 두 달은 상태가 아주 좋았는데. (목소리가 갈라지면서 조금 떨려온다.) 내겐 천국과도 같았지. 가정을 되찾았으니까. 제이미, 이런 말 안 해도 너도 알겠지만. (그의 아들이 처음으로 이해와 동정이 어린 눈빛으로 그를 본다. 갑자기 두 사람 사이에 적대감을 잊을 수 있는 깊은 공감대가 형성된 듯하다.)

제이미    (거의 부드럽게) 저도 같은 심정이에요, 아버지.

타이론    그래. 이번엔 네 어머니가 얼마나 강하고 자신감이 넘치는 사람인지 봤을 거다. 이번엔 다른 때와는 딴판이야. 마음을 잘 다스리고 있어. 에드먼드가 아프기 전까지는 그랬지. 그런데 너도 보다시피 속으로 점점 긴장하고 겁을 먹고 있어. 네 어머니한테는 사실을 감출 수 있다면 좋겠는데, 걔를 요양원에 보내야 한다면 그럴 수가 없지. 더구나 네 외할아버지가 폐병으로 돌아가셔서 말야. 네 어머니는 외할아버지를 숭배하다시피 했으니까 그 일을 잊지 못하지. 그래, 네 어머니한텐 힘든 일이야. 하지만 해낼 수 있어! 이제 의지력이 있으니까! 제이미, 우리도 힘닿는 데까지 네 어머니를 도와야 한다!

제이미     (마음이 움직여서) 그래야죠. (머뭇거리며) 오늘 아침엔 신경이 예민한 걸 빼면 아무 문제도 없어 보였어요.

타이론     (이제 진짜로 확신을 갖고) 최고였지. 장난기가 가득했어. (갑자기 수상하다는 듯 제이미에게 얼굴을 찡그린다.) 문제가 없어 보이다니, 그게 무슨 소리냐? 문제가 있을 게 뭐야? 도대체 무슨 뜻으로 한 소리야?

제이미     그렇게 화부터 내지 마세요! 왜 이러세요, 아버지. 이 문제는 싸우지 말고 서로 솔직하게 얘기할 수 있어야 된다고요.

타이론     미안하다, 제이미. (긴장하며) 그럼 얘기해 봐라…….

제이미     얘기할 것도 없어요. 제가 잘못 생각했어요. 사실은 어젯밤에……. 아버지도 아시다시피, 자꾸 걱정이 돼요. 저도 모르게 어머니를 의심하게 돼요. 아버지와 마찬가지예요. (비통하게) 괴로워 미치겠어요. 그러다 보니 어머니까지 괴롭게 만들고! 어머닌 우리의 감시하는 듯한 눈길을 의식하고…….

타이론     (슬프게) 나도 안다. (긴장해서) 어젯밤에 왜? 속 시원하게 말 좀 못하니?

제이미   아무것도 아니라고 했잖아요. 제가 바보 같은 의
        심을 했던 거예요. 새벽 세시경에 잠이 깼는데 빈
        방에서 어머니 기척이 들렸어요. 그리고 욕실로
        가는 소리가 들렸어요. 전 자는 척했어요. 어머닌
        제 방 앞에서 멈추더니 자고 있는지 확인하려는
        것처럼 귀를 기울였어요.

타이론   (억지로 조소하며) 뭐야, 그게 다냐? 무적 소리 때
        문에 밤새 잠을 못 잤다고 네 어머니 입으로 말
        했고, 에드먼드가 아프기 시작한 뒤로 밤마다 걔
        방에 가서 상태를 살피고 있어.

제이미   (간절히) 그래요, 맞아요. 어머닌 걔 방 앞에서도 귀
        를 기울였어요. (다시 머뭇거리며) 제가 겁을 집어먹은
        건 어머니가 빈방에 들어가 있었기 때문이에요. 그
        방에서 혼자 주무시기 시작하면 항상······.

타이론   이번엔 아냐! 내가 설명할 수 있어. 어젯밤에 내
        가 그렇게 코를 고는데 네 어머니가 달리 어디로
        갔겠니? (이성을 잃고 버럭 화를 내고 만다.) 넌 어째
        그렇게 만사를 나쁘게만 보면서 사니!

제이미   (찔려서) 그러지 마세요! 제가 잘못 생각했다고 말
        했잖아요. 저도 아버지 못지않게 기뻐한다는 거
        모르세요!

타이론   (달래듯이) 그야 그렇지. (사이. 표정이 어두워지더니
        미신적인 두려움을 품고 천천히 말한다.) 네 어머니
        가 에드먼드 걱정에 또 그렇게 된다면 피할 수 없

는 저주인지도 모르겠구나. 처음 시작한 것도 개
를 낳고 오래 않다가…….

**제이미** 그건 어머니 탓이 아니었어요!

**타이론** 네 어머니 탓이라는 게 아냐.

**제이미** (날카롭게) 그럼 누구 탓이죠? 태어난 에드먼드요?

**타이론** 어리석은 놈! 누구의 탓도 아냐.

**제이미** 돌팔이 의사 탓이죠! 어머니 말을 들으니 그 작자
도 하디처럼 싸구려 돌팔이였다더군요! 일류 의
사를 쓸 돈이 아까워서…….

**타이론** 헛소리! (노발대발하며) 그럼 내 탓이구나! 결국
그 말을 하고 싶은 거야, 안 그래? 이 심보 고약한
건달놈!

**제이미** (식당에서 어머니의 기척을 느끼고 경고한다.) 쉿! (타
이론은 황급히 일어나서 오른쪽 창가로 가서 밖을 내다
본다. 제이미, 완전히 달라진 말투로) 오늘 앞 울타리
손질을 하려면 이제 시작하는 게 좋겠네요. (메리
가 뒤쪽의 응접실을 통해 나온다. 그녀는 의심 어린 눈초
리로 흘낏 두 사람을 살핀다. 잔뜩 경계하는 태도이다.)

**타이론** (창에서 눈길을 돌려, 배우다운 열띤 어조로) 그래, 안에
서 입씨름이나 하며 보내기에는 날씨가 너무 좋구나.
메리, 창밖 좀 봐요. 항구에 안개가 없어. 한동안 안
개가 계속 끼더니 이제 다 걷힌 모양이야.

**메리** (그에게로 가면서) 그랬으면 좋겠네요. (제이미에게
억지로 미소 지으며) 네가 먼저 앞 울타리 손질을

하자고 나서다니, 내가 잘못 들은 건 아니겠지? 용돈이 몹시 궁한 모양이구나.

제이미   (농담조로) 안 그런 적이 있나요? (어머니에게 윙크를 하고는 조소하는 눈길로 아버지를 흘낏 본다.) 주급으로 최소한 큼직한 1달러짜리 동전 하나는 받아야죠. 그래야 흥청망청 마셔 댈 거 아녜요!

메리   (아들의 농담에 대꾸하지 않는다. 두 손이 초조하게 옷 앞섶으로 올라간다.) 둘이 무슨 얘기 했지?

제이미   (어깨를 으쓱하며) 밤낮 하는 얘기죠, 뭐.

메리   내가 듣기로는 네가 의사 얘기를 하니까 아버지가 너보고 심보가 고약하다고 한 것 같은데.

제이미   (재빨리) 아, 그거요. 하디 선생이 이 세상에서 최고의 내과의는 아니라는 말을 또 하고 있었어요.

메리   (거짓말임을 알고 멍하니) 으응. 그래, 내 생각도 마찬가지야. (억지 미소를 지으며 화제를 돌린다.) 브리지트 말야! 세인트루이스에서 경찰 노릇 한다는 육촌 얘기를 늘어놓기 시작하는데 끝이 없어. 못 빠져나오는 줄 알았다니까. (초조하고 짜증스럽게) 울타리 손질을 하려면 빨리 나가지 그러니? (황급히) 내 말은, 해날 때 일하라는 거야. 다시 안개가 끼기 전에. (혼잣말을 하는 듯한 묘한 어조로) 다시 낄 거야. (문득 자신에게 고정된 두 사람의 시선을 의식하고 당황해서 손을 올린다.) 그러니까, 이 손으로 알 수 있다는 거지. 제임스, 일기 예보는 당신보다 관절염 걸린 이 손이 더 정확하죠. (혐오감에 빠져 자신의 손을 내려다보며) 아! 흉해라! 이 손이 한때는 아름다웠다고 하면 아무도 안 믿을 거야. (아버지와 아들은 밀려드는 두려움 속에서 그녀를 바라본다.)

**타이론**  (아내의 손을 잡고 가만히 아래로 내리며) 자, 자, 메리. 바보 같은 소리 말아요. 세상에서 당신 손이 제일 예쁜걸. (메리는 얼굴이 환해지면서 미소 짓는다. 그리고 남편에게 감사의 키스를 한다. 타이론, 아들을 향해) 나가자, 제이미. 네 어머니가 나무라는 것도 당연해. 일은 해야 시작이지. 뙤약볕 아래서 땀을 흘리면 그 허리에 붙은 술살이 좀 빠질 거다. (현관의 방충문을 열고 나가 계단을 내려간다. 제이미도 의자에서 일어나 양복저고리를 벗고 문으로 간다. 문간에서 뒤를 돌아보지만 어머니의 시선을 피하고 어머니 역시 아들을 보지 않는다.)

**제이미**  (어색하고 딱딱하게) 우리 모두 어머니가 정말 자랑스러워요. 지독하게 행복해요. (메리는 긴장해서 몸이 굳어지며 겁에 질린 반항적인 눈으로 아들을 본다. 제이미는 더듬거리며 계속한다.) 그래도 아직 조심하셔야 해요. 에드먼드 걱정 너무 많이 하시면 안 돼요. 걘 괜찮을 거예요.

**메리**  (완강하고 몹시 화난 얼굴로) 당연히 괜찮지. 그런데 그게 무슨 소리니? 나더러 조심하라니.

| 제이미 | (호의가 짓밟히자 마음이 상해서 어깨를 으쓱한다.) 알았어요, 어머니. 말한 제가 잘못이죠. (현관으로 나간다. 메리는 굳은 채로 그가 계단 아래로 사라질 때까지 기다렸다가 아들이 앉았던 의자에 풀썩 앉는다. 감추려고 애쓰던 겁에 질린 절망감이 얼굴에 드러나고 두 손은 탁자 위의 물건들을 공연히 이리저리 옮겨 놓으며 배회한다. 그러다가 에드먼드가 현관 쪽에 있는 계단을 내려오는 소리를 듣는다. 에드먼드는 계단 발치에 가까워지면서 발작적인 기침을 토해 낸다. 메리는 그 소리로부터 도망치고 싶기라도 한 듯 튕겨져 일어나 재빨리 오른쪽 창가로 간다. 에드먼드가 한 손에 책을 들고 앞 응접실을 통해 들어섰을 때 그녀는 외관상으로는 평온한 모습으로 창밖을 내다보고 있다. 그녀는 아들을 환영하는 어머니다운 미소를 머금고 돌아본다.) |
| --- | --- |
| 메리 | 내려왔구나. 그러잖아도 너를 찾으러 올라가려던 참인데. |
| 에드먼드 | 아버지하고 형이 나갈 때까지 기다렸어요. 말싸움에 휘말리고 싶지 않아서요. 기분이 너무 엉망이라. |
| 메리 | (거의 화난 목소리로) 또 그 엄살이구나. 꼭 어린애 같이. 가족들이 모두 네 걱정에 몸이 달아 설쳐야 직성이 풀리니? (황급히) 놀리려고 그러는 거야. 네가 얼마나 몸이 불편한지 다 알아. 그렇지만 오 |

늘은 좀 낫지, 응? (걱정스럽게 아들의 팔을 잡으며) 그래도 너무 말랐어. 넌 푹 쉬어야 해. 앉아라. 편하게 해 주마. (에드먼드가 흔들의자에 앉자 메리는 등에 쿠션을 받쳐 준다.) 됐다. 어떠니?

에드먼드 아주 좋아요. 고마워요, 어머니.

메리 (키스하며 부드럽게) 넌 엄마의 간호만 있으면 돼. 이렇게 컸지만 넌 엄마에겐 아직도 아기잖니.

에드먼드 (어머니의 손을 잡고 아주 진지하게) 제 걱정은 마세요. 어머니야말로 건강을 돌보셔야지요. 중요한 건 그것뿐이에요.

메리 (아들의 시선을 피하며) 난 건강해. (억지로 소리 내어 웃으며) 얘, 이 엄마 살찐 거 보이지도 않니! 옷을 전부 늘려야겠어. (그녀는 돌아서서 오른쪽 창가로 간다. 짐짓 명랑 쾌활한 어조로) 울타리 손질을 시작했구나. 불쌍한 제이미! 쟨 지나가는 사람들이 다 볼 수 있는 앞쪽에서 일하는 걸 질색으로 여기는데. 채트필드네가 새로 산 메르세데스를 타고 지나가는구나. 참 멋진 차야, 안 그러니? 우리 패커드 중고차와는 다르지. 불쌍한 제이미! 그 사람들 눈에 안 띄려고 울타리 밑으로 잔뜩 구부리고 있어. 채트필드네가 인사를 하니까 네 아버지, 커튼 콜을 받고 나온 배우처럼 답례를 하는구나. 저 꾀죄죄한 낡은 옷을 입고서. 버리라고 그렇게 얘기를 해도, 원. (신랄해진 목소리로) 네 아버지 말야, 체통 없이 옷차림이 저게 뭐니.

에드먼드   남의 이목에 신경 쓰지 않는 건 잘하는 일이죠. 채트필드네에게 신경 쓰는 형이 어리석은 거예요. 저 사람들, 이 시골 구석이 아니면 누가 알아줘요?

메리   (흡족해서) 그렇지. 네 말이 맞다, 에드먼드. 우물 안 개구리들이지. 제이미가 어리석은 거야. (사이를 두고, 창밖을 내다보다가 쓸쓸한 동경이 깔린 목소리로) 그래도 채트필드네 같은 사람들은 내세울 게 있지. 그 사람들한테는 어디 내놔도 부끄러울 게 없는 훌륭한 집이 있잖니. 서로 초대하고 초대받을 수 있는 친구들도 있고. 그 사람들은 단절되어 살지 않지. (아들을 돌아보며) 그렇다고 그 사람들과 어울리고 싶은 건 아냐. 난 이곳과 이곳 사람들이 싫어. 너도 알 거다. 난 처음부터 여기 살고 싶은 마음이 없었어. 그런데 네 아버지가 고집을 부려서 이 집을 짓는 바람에 여름마다 여기 와서 살아야 했지.

에드먼드   그래도 뉴욕 호텔에서 여름을 보내는 것보다는 낫잖아요, 안 그래요? 그리고 여기도 그렇게 나쁘진 않아요. 전 여기가 꽤 마음에 들어요. 아마 우리가 가져 본 집이라곤 여기뿐이라서 그럴 거예요.

메리   난 여기가 내 집이라고 느껴본 적이 없어. 처음부터 잘못되었으니까. 순 싸구려로 지은 집이야. 네 아버지는 집을 제대로 꾸미는 데 돈을 쓴 적이 없어. 여기에 친구가 없는 게 차라리 다행이야. 손님을 초대하기도 부끄러운 집이니까. 하기야 네 아버진 집안끼리 가깝게 지내는 건 좋아하지도 않지. 사람들을 초대하거나 남의 집에 초대받아 가는 걸 싫어하니까. 그저 클럽이나 술집에서 남자들끼리 술이나 마시면서 어울리는 거나 좋아할까. 네 형이랑 너도 마찬가지야. 너희들 탓은 아니지만. 여기 살면서 점잖은 사람들을 만날 기회조차 없었으니까. 너희 둘도 얌전한 아가씨와 사귈 수 있었다면 이렇게 되진 않았을 텐데……. 망신거리가 되는 일도 없었을 텐데. 이젠 점잖은 집안에서는 자기네 딸을 너희들과 어울리지도 못하게 하니.

에드먼드   (짜증스럽게) 어머니, 제발 좀 그만 하세요! 누가 신경이나 쓴대요? 형이나 저나 그런 여자들은 따분해서 질색이에요. 그리고 노친네 얘기도 그만하세요. 그런다고 사람이 바뀔 것도 아니니까.

메리   (기계적으로 나무라며) 아버지한테 노친네가 뭐니. 버릇없이. (그러곤 멍하게) 말해 봐야 소용없다는 거 알아. 그렇지만 가끔 너무 쓸쓸해. (입술이 떨린다. 여전히 고개를 돌리고 있다.)

에드먼드   그래도 말은 바로 해야죠, 어머니. 처음에는 전부 아버지 탓이었는지 몰라도 나중에는 아버지가 손님을 초대하고 싶어도 그럴 수가……. (가책을 느

끼고 더듬거린다.) 제 말은, 어머니가 원하지 않으셨
을 거라는 거죠.

메리  (움찔해서는, 딱할 정도로 입술을 떨며) 그만. 지난
일 들추지 마.

에드먼드  그런 식으로 받아들이지 마세요! 제발요, 어머니!
전 어머니를 도우려고 이러는 거예요. 어머니에겐
잊는 게 약이 아니에요. 기억해야 해요. 그래야 항
상 조심하죠. 그때 어떤 일이 일어났는지 아시잖
아요. (비참하게) 어머니, 저도 과거를 들추고 싶지
않아요. 제가 이러는 건 어머니가 이렇게 돌아오
셔서 예전 모습 그대로 계신 게 너무 좋아서, 혹
시라도 끔찍한 일이…….

메리  (비탄에 잠겨서) 얘야, 제발. 잘되라고 이런다는 건
알지만……. (다시 목소리에 방어적인 불쾌감이 어린
다.) 도대체 왜 갑자기 그런 얘기를 들추는 건지
모르겠구나. 오늘 아침엔 왜 이러는 거니?

에드먼드  (얼버무리며) 아녜요. 그냥, 기분이 엉망이라 그런
가 봐요.

메리  솔직히 말해. 갑자기 왜 그렇게 의심이 많아졌지?

에드먼드  아니라니까요!

메리  아니긴 뭐가 아냐. 나도 다 알아. 네 아버지랑 형
도 마찬가지야. 특히 네 형.

에드먼드  괜한 상상 좀 하지 마세요, 어머니.

메리  (손을 초조하게 움직이며) 아무도 날 믿어 주지 않

고 의심하고 감시하는 이런 분위기에서는 견디기
가 훨씬 더 힘들어.

**에드먼드** 말도 안 돼요, 어머니. 우린 어머니를 믿어요.

**메리** 단 하루라도, 하다못해 오후만이라도 어디 나갈
데가 있다면. 심각한 얘기 말고 그저 웃고 떠들며
시름을 잊을 수 있는 여자 친구가 있다면. 하녀들
말고, 저 멍청한 캐슬린 말고 말야!

**에드먼드** (걱정스런 얼굴로 일어나서 어머니의 어깨를 감싸 안
는다.) 그만하세요, 어머니. 아무것도 아닌 일로
괜히 흥분하시는 거예요.

**메리** 네 아버지는 외출이라도 하지. 술집이나 클럽에
가서 친구들을 만나잖아. 너랑 네 형도 친구들하
고 어울리고. 다들 나가는데 나만 혼자야. 항상
혼자란 말야.

**에드먼드** (달래듯) 어머니도 참! 그건 억지죠. 우리 셋 중에
한 명은 꼭 어머니 곁에서 친구 해 드렸잖아요. 드
라이브하러 나가실 때도 같이 가고.

**메리** (따끔하게) 나 혼자 두는 게 못 미더워서 그랬지!
(아들을 향해 돌아서서, 날카롭게) 오늘 아침엔 왜
이렇게 유난스럽게 구는 건지 말해 봐라. 왜 지난
일을 들춰내야 된다고 생각했는지……

**에드먼드** (주저하다가 가책을 느끼는 목소리로 엉겁결에 말한
다.) 별일도 아니에요. 어젯밤에 어머니가 제 방에
들어오셨을 때 사실 저 깨어 있었어요. 어머닌 아

버지와 함께 쓰는 침실로 돌아가지 않았어요. 대
신 빈방으로 들어가서 남은 밤을 보냈지요.

메리　그건 네 아버지 코 고는 소리 때문에 견딜 수가
없어서 그랬던 거지! 세상에, 내가 그 빈방에서
혼자 잔 게 어디 한두 번이니? (따끔하게) 네가 무
슨 생각을 했는지 알겠다. 그때…….

에드먼드　(필요 이상으로 열을 내며) 전 아무 생각도 안 했어요!

메리　그럼 나를 감시하려고 자는 척했던 거구나!

에드먼드　아녜요! 제가 열 때문에 잠을 못 자는 걸 알면 어
머니가 걱정하실까 봐 그랬던 거예요.

메리　제이미도 자는 척했던 거야, 틀림없어. 네 아버
지도…….

에드먼드　그만 하세요, 어머니!

메리　도저히 견딜 수가 없구나, 에드먼드 너마저
도……! (초조하게 손을 올려 아무렇게나 머리를 매
만진다. 갑자기 묘하게 복수심에 찬 목소리가 되어) 그
의심이 사실이라면 다들 벌을 받은 거지!

에드먼드　어머니! 그런 말씀 마세요! 그런 말이 나오는
때는…….

메리　의심 좀 그만 해! 제발 부탁이다! 네가 그러면 내
마음이 아파! 네 걱정 때문에 잠을 못 잤던 거야.
그게 진짜 이유였어! 네가 병이 난 뒤로 얼마나
걱정이 되는지. (겁에 질려 자식을 보호하고픈 모정
으로 아들을 꼭 껴안는다.)

에드먼드　(달래듯) 쓸데없이 왜 그러세요. 그냥 독감이라는 거 아시면서.

메리　그럼, 알지!

에드먼드　하지만 말예요, 어머니. 약속해 주세요. 만약에 더 나쁜 병으로 밝혀진다고 해도 전 금방 나을 거니까 공연한 걱정으로 병나시지 말고 어머니 몸이나 잘 돌보겠다고……

메리　(겁에 질려) 그런 어리석은 소리 듣기 싫다! 도대체 왜 그런 무서운 생각을 하는 거야! 물론 약속해. 내 명예를 걸고 약속하마! (그런 다음 비통하게) 내가 전에도 명예를 걸고 약속한 적이 있다는 생각을 하고 있겠지.

에드먼드　아녜요!

메리　(비통함이 어쩔 수 없는 체념으로 퇴조하며) 널 나무라는 소리가 아니란다. 너라고 어쩔 수가 있겠니? 우리 식구 중에 누가 잊을 수가 있겠니? (묘하게) 그래서 이렇게 힘든 거야. 우리 모두. 잊을 수가 없으니까.

에드먼드　(어머니의 어깨를 움켜잡으며) 어머니! 그만 하세요!

메리　(억지로 미소 지으며) 알았다. 우울하게 이럴 생각은 아니었는데. 내 걱정은 마. 어디, 열이 있나 좀 만져 보자. 어머, 열이 하나도 없는걸. 이제 열이 떨어진 모양이야.

에드먼드　됐어요! 어머니나…….

메리　　난 아무렇지도 않아. (교활하다 싶으리만치 계산적인 묘한 눈길로) 어젯밤 잠을 설쳐서 피곤하고 신경이 날카롭긴 하지. 난 2층에 올라가서 점심 때까지 눈 좀 붙여야겠다. (에드먼드는 본능적으로 의심의 눈으로 어머니를 보다가 그런 자신이 부끄러워져서 얼른 외면한다. 메리는 초조하게 서두른다.) 넌 뭘 할 거니? 여기서 책 볼래? 밖에 나가서 신선한 공기도 마시고 햇볕도 쬐는 게 훨씬 나을 텐데. 그렇다고 볕을 너무 많이 쬐면 안 돼. 모자 꼭 챙겨라. (말을 멈추고 아들을 똑바로 쳐다본다. 아들은 그녀의 눈을 피한다. 잠시 긴장된 침묵이 흐른 뒤 그녀가 비웃듯이 말한다.) 못 미더워서 나 혼자 두고 못 나가겠니?

에드먼드　(고통스럽게) 아녜요! 그런 소리 좀 그만하실 수 없어요? 정말 좀 쉬셔야겠어요. (현관문 쪽으로 간다. 애써 장난스럽게) 가서 형이 버틸 수 있도록 도와야겠어요. 전 그늘에 누워 형이 일하는 걸 구경하는 게 좋아요. (그가 억지로 소리 내어 웃자 메리도 따라 웃는다. 그는 밖으로 나가 계단 아래로 사라진다. 메리의 첫 반응은 안도하는 것이다. 그녀는 긴장이 풀린 모습이다. 탁자 뒤쪽의 고리버들 안락의자에 풀썩 앉아 고개를 뒤로 젖히고 눈을 감는다. 그러나 갑자기 다시 긴장하기 시작한다. 발작적인 공포에 사로잡혀 눈을 뜨고 몸을 웅크린다. 자신과 필사적인 싸움을

벌인다. 관절염으로 뒤틀리고 울퉁불퉁해진 긴 손가락
들이 그녀의 허락도 없이 자체의 끈질긴 활력으로 의
자 팔걸이를 두드리기 시작한다.)

막

2막

# 2막 1장

같은 장소. 12시 45분경. 이제 오른쪽 창들을 통해 햇볕이 들지 않는다. 바깥 날씨는 여전히 화창하지만 대기 중의 옅은 안개가 쨍쨍한 햇볕을 누그러뜨리면서 점점 무더워진다.

에드먼드가 탁자 왼쪽의 안락의자에 앉아 책을 읽고 있다. 그는 책에 집중하려고 애쓰지만 잘 되지 않는다. 2층에서 무슨 소리가 들리지 않나 귀를 기울이고 있는 듯하다. 불안하고 초조해하는 태도이고, 1막에서보다 병색이 더 짙어 보인다.

하녀인 캐슬린이 뒤쪽 응접실을 통해 들어온다. 그녀는 버번 한 병과 위스키 잔 몇 개, 얼음물 주전자가 놓인 쟁반을 들고 들어온다. 갓 스물이 된 이 통통한 아일랜드 시골 출신 아가씨는 예쁘장한 얼굴에 뺨이 발그레하고 머리칼이 검고 눈은 푸르며, 사근사근하지만 무지하고 세련되지 못한 데다 악의는 없지만 지독히도 우둔하다. 그녀는 탁자 위에 쟁반을 놓는다. 에드먼드는 그녀와 상대하기 싫어 책에 빠진 척하지만 그녀는 아랑곳하지 않는다.

캐슬린   (수다스럽고 뻔뻔하게) 위스키 내왔어요. 이제 금방 점심 잡술 시간인데, 주인님이랑 제이미 도련님을 부를까요? 아니면 도련님이 부르실래요?

에드먼드   (책에서 눈도 들지 않고) 가서 불러.

캐슬린   주인님께선 어째 가끔 시계도 안 보실까? 식사 시간에 늦는 데는 아주 선수시라니까요. 그런데도 브리지트는 제 잘못인 것처럼 저한테만 야단이에요. 그래도 우리 주인님, 늙으셨어도 정말 미남이세요. 도련님은 그만한 미남은 못 되지요, 제이미 도련님도 그렇고. (킬킬 웃는다.) 제가 장담하는데, 제이미 도련님은 자기 이름으로 된 시계만 있다면 절대로 위스키 마실 시간은 안 놓칠 거예요!

에드먼드   (그녀를 무시하려던 걸 포기하고 싱긋 웃으며) 그건 그래.

캐슬린   하나 더 장담할 수 있어요. 도련님, 주인님과 제이미 도련님이 들어오시기 전에 몰래 한잔하려고 저한테 불러오라고 시키시는 거죠?

에드먼드   그런 생각은 하지도 않았는데…….

캐슬린   애걔, 아니래! 시침 떼시는 것 좀 봐.

에드먼드　그렇지만 네가 권하니…….

캐슬린　(갑자기 새침하게 고결한 체하며) 에드먼드 도련님,
저는 남자한테나 여자한테나 절대로 술은 안 권
해요. 그럼요. 우리 고향 아저씨 한 분이 술 때문
에 돌아가셨는걸요. (누그러지며) 그렇지만, 가끔
기분이 울적할 때나 독감에 걸렸을 때 한잔하는
거야 해로울 건 없죠.

에드먼드　좋은 핑계를 대 줘서 고맙군. (문득 생각난 것처럼
꾸미며) 어머니도 부르는 게 좋겠군.

캐슬린　뭐하려요? 마님은 안 불러도 항상 제때 오시는데.
복 받으실 분이에요, 하인들을 배려해 주시니.

에드먼드　어머닌 주무시고 계셔.

캐슬린　아까 제가 2층에서 일을 끝냈을 때는 안 주무셨
어요. 눈을 크게 뜨고 빈방에 누워 계시던걸요.
머리가 아파 죽겠다고 그러시던데요.

에드먼드　(더욱 아무렇지도 않게) 뭐, 그러면 아버지나 부르지.

캐슬린　(현관문으로 향하며 악의 없이 구시렁댄다.) 이러니
까 밤마다 다리가 쑤시지. 이 땡볕에 나가서 일사
병에 걸리고 싶지는 않아. 현관에서 불러야지. (옆
쪽 베란다로 나가 방충문을 거칠게 닫은 뒤 앞쪽 베란
다로 사라진다. 잠시 후 그녀가 외치는 소리가 들린다.)
주인님! 제이미 도련님! 시간 됐어요! (에드먼드,
책 읽던 것도 잊고 겁에 질려 멍하니 앞을 보고 있다가
초조하게 벌떡 일어난다.)

에드먼드 참 대단한 하녀야! (술병을 잡고 한 잔 따른 뒤 얼음 물을 섞어 마신다. 그러는 동안 누군가 현관문으로 들 어오는 소리가 들린다. 황급히 술잔을 쟁반에 내려놓 고 다시 의자에 앉아 책을 편다. 제이미가 팔에 양복저 고리를 걸치고 앞 응접실을 통해 들어온다. 떼어 낸 셔 츠 칼라와 타이를 손에 들고 있다. 그는 손수건으로 이 마의 땀을 훔친다. 에드먼드는 그제서야 인기척을 느 낀 것처럼 고개를 든다. 제이미는 술병과 잔들을 보고 냉소적인 미소를 짓는다.)

제이미 슬쩍 한잔했지, 응? 속일 생각 마, 꼬맹아. 넌 나보 다도 연기력이 형편없으니까.

에드먼드 (씩 웃으며) 상황이 나빠지기 전에 한잔했지.

제이미 (동생의 어깨에 다정하게 한 손을 얹으며) 그래야지. 날 속일 필요가 뭐가 있니? 우린 친군데, 안 그래?

에드먼드 형이 들어오는 줄 몰라서 그랬어.

제이미 노친네한테 시계를 보게 했지. 반쯤 올라오는데 마침 캐슬린이 지저귀기 시작하더군. 우리의 시 끄러운 아일랜드 종달새! 걘 열차 안내 방송 같은 거 했으면 잘했을 거야.

에드먼드 나도 그 소리 때문에 한잔하게 됐어. 형도 기회 있을 때 한잔하지 그래?

제이미 그러잖아도 그 생각을 하고 있었지. (재빨리 오른쪽 창가로 간다.) 노친네가 늙은 터너 선장과 얘기 중이 었거든. 좋아, 아직도 그러고 있군. (돌아와서 한 잔 마신다.) 자, 이제 노친네의 독수리 눈을 속여야지. 아버진 병에 술이 얼마나 차 있었는지 항상 기억하고 있거든. (물 두 잔을 위스키 병에 붓고 흔든다.) 됐어. 이러면 돼. (잔에 물을 붓고 에드먼드 옆으로 놓는다.) 그리고 네가 마시던 물 여기 있다.

에드먼드   좋아! 설마 아버지가 속을 거라고 생각하는 건 아니겠지, 응?

제이미   안 속을지도 모르지만 그렇다고 증명할 수도 없잖아. (셔츠 칼라를 달고 타이를 매며) 자기 목소리 감상하느라 점심까지 잊지나 않았으면 좋겠다. 배고픈데. (에드먼드 건너편에 앉으며, 짜증스럽게) 내가 그래서 집 앞에서 일하기가 싫은 거야. 지나가는 인간마다 붙잡고 연기를 펼친다니까.

에드먼드   (침울하게) 형은 그래도 배가 고프니 좋겠수. 난 몸이 이래서 먹고 싶은 생각도 없는데.

제이미   (걱정스런 눈으로 흘낏 보며) 잘 들어, 꼬맹이. 너 나 알지. 형이라고 너한테 설교한 적 없어. 그렇지만 하디 선생이 술 끊으라고 한 거, 그거 옳은 말이야.

에드먼드   이따 오후에 그가 나쁜 소식을 전하면 그때부터 끊을 거야. 그 전에 몇 잔 한다고 달라질 건 없어.

제이미   (망설이다가 천천히) 나쁜 소식을 들을 마음의 준비가 됐다니 다행이구나. 그렇게 큰 충격은 아닐 거야. (빤히 보는 에드먼드의 눈길을 의식하고) 내 말은, 네가 진짜 병이 난 건 분명한 사실이니까 자신을 속이는 건 좋지 않다는 거지.

에드먼드 (심란해져서) 속이긴. 나도 내 몸이 얼마나 안 좋은지 알아. 밤중에는 춥고 열이 나는 게 장난이 아냐. 하디 선생의 추측이 옳은 것 같아. 빌어먹을 말라리아가 도진 거야.

제이미 그럴지도 모르지. 그래도 너무 확신하지는 마.

에드먼드 왜? 형은 뭐라고 생각하는데?

제이미 야, 내가 어떻게 알아? 의사도 아닌데. (느닷없이) 어머닌 어디 계시니?

에드먼드 2층에.

제이미 (날카롭게 동생을 보며) 언제 올라가셨는데?

에드먼드 아마 내가 울타리로 내려갔을 때쯤. 낮잠 좀 주무시겠다고.

제이미 아깐 왜 그런 말 안…….

에드먼드 (방어적으로) 왜 말해야 하는데? 그게 어때서? 어머닌 녹초가 되셨어. 어젯밤에 잠을 설치셨거든.

제이미 나도 못 주무신 거 알아. (사이. 형제는 서로의 눈길을 피한다.)

에드먼드 빌어먹을 무적 소리 때문에 나도 못 잤어. (다시 사이)

제이미 오전 내내 2층에 혼자 계시는 거지, 응? 그 뒤로 못 봤지?

에드먼드 난 여기서 책을 읽고 있었으니까. 어머니가 좀 주무시게 두려고.

제이미  점심은 드시러 내려오신대?

에드먼드  당연하지.

제이미  (냉담하게) 당연하긴. 점심도 안 드실지 몰라. 어쩌면 이제 거의 2층에서 혼자 드실지도 모르지. 전에도 그랬잖아, 안 그래?

에드먼드  (겁이 나서 화를 내며) 그만둬, 형! 왜 항상 그런 식으로만……? (설득력 있게) 무슨 일이든 의심부터 하는 건 나빠. 캐슬린이 방금 어머니를 보고 내려왔어. 점심 드시러 못 내려온다는 말씀은 없으셨대.

제이미  그럼 주무셨던 게 아냐?

에드먼드  그때는. 캐슬린 말로는 그냥 누워 계셨대.

제이미  빈방에서?

에드먼드  그래. 대체 그게 어때서?

제이미  (버럭 소리를 지르며) 이 바보 멍청이! 어머니를 그렇게 오래 혼자 두면 어떡해! 옆에서 지켰어야지!

에드먼드  우리가 어머니를 못 믿어서 항상 감시한다고 나무라시잖아. 그 말을 들으니 부끄러웠어. 어머니 기분이 어떠실지 아니까. 그리고 어머닌 명예를 걸고 약속…….

제이미  (지긋지긋하다는 듯) 그런 건 아무 소용 없다는 걸 알아야지.

에드먼드  이번엔 아냐!

제이미  전에도 그렇게 생각했었지. (테이블 너머로 몸을 기울여 다정하게 동생의 팔을 잡는다.) 잘 들어, 꼬맹이. 네 눈엔 내가 불효막심한 냉소주의자로 비치겠지만, 난 이런 사건을 너보다 훨씬 많이 겪었어. 넌 고등학교 때까지 아무것도 모르고 있었지. 아버지와 내가 너한테는 숨겼으니까. 하지만 난 너한테 털어놓기 십 년 전부터 알고 있었어. 전력(前歷)을 알기 때문에 아침부터 계속 어젯밤에 어머니가 하신 행동에 대해 생각하고 있었어. 도저히 그 생각을 떨쳐버릴 수가 없었다고. 그런데 어머니가 너를 따돌리고 오전 내내 혼자 2층에 계신다는 말을 들으니까 내가 이러는 거야.

에드먼드 그게 아냐! 형은 돌았어!

제이미 (달래듯) 알았다, 꼬맹아. 우리 싸우지 말자. 나도 차라리 내가 돈 거라면 좋겠다. 이번엔 나도 희망에 부풀어서 행복해서 미칠 지경이었는데…….  (말을 끊는다. 앞 응접실을 살피면서, 목소리를 낮춰 황급히) 어머니가 내려오고 계셔. 네 말이 옳았다. 난 정말 의심밖에 모르는 한심한 인간인가 보다. (그들은 희망과 두려움이 섞인 기대감으로 점점 긴장한다. 제이미가 중얼댄다.) 젠장! 한 잔만 더 했으면.

에드먼드 나도. (그는 초조하게 기침을 시작하고 곧 발작적인 기침이 이어진다. 제이미는 근심과 연민이 어린 눈길로 동생을 흘낏 본다. 메리, 앞 응접실을 통해 들어온다. 얼핏 보기엔 아까보다 덜 초조해하고 아침 식사 직후의 상태와 비슷해진 걸 제외하곤 달라진 점을 찾을 수 없으나 자세히 관찰하면 눈이 더 반짝거리고, 현실에서 한 걸음 물러나서 말하고 행동하는 듯 목소리와 태도가 묘하게 초연해진 걸 알 수 있다.)

메리 　(걱정스럽게 에드먼드에게로 가서 어깨를 안으며) 이렇게 기침을 하면 안 되는데. 목에 안 좋아. 감기에다 목까지 아프면 안 되지. (에드먼드에게 키스한다. 에드먼드는 기침을 그치고 걱정스런 눈으로 어머니를 흘낏 살핀다. 그러나 어머니의 다정함이 그의 의심을 잠재워 잠시 그는 자신이 믿고 싶은 대로 믿는다. 반면 제이미는 한 번 유심히 보고는 자신의 의심이 적중했음을 깨닫는다. 그는 바닥으로 시선을 떨구고 방어적인 냉소가 어린 쓰라린 표정이 된다. 메리는 에드먼드의 의자 팔걸이에 살짝 걸터앉아 아들의 어깨를 안고 말을 잇는다. 그녀의 얼굴은 에드먼드의 뒤쪽 위에 있어서 그는 어머니의 눈을 볼 수가 없다.) 이 엄마가 이것도 하지 마라, 저것도 하면 안 된다 하고 너한테 잔소리만 하는 것 같구나. 미안하다, 얘야. 다 너를 위해서야.

에드먼드 　알아요, 어머니. 어머닌 좀 어떠세요? 좀 쉬셨어요?

메리 　그래, 훨씬 가뿐해졌어. 네가 나간 뒤로 계속 누워 있었거든. 간밤에 잠을 설쳤으니 그래야지. 이제 신경도 날카롭지 않아.

에드먼드 　잘됐네요. (어깨 위에 놓인 어머니의 손을 토닥인다.

제이미는 동생의 진심이 의심스러운 듯 묘한, 거의 경
멸에 가까운 눈으로 흘낏 본다. 에드먼드는 그걸 눈치
채지 못하지만 그의 어머니는 놓치지 않는다.)

메리 　(억지로 놀리는 것처럼 꾸며서) 어머나, 제이미 넌
왜 그렇게 풀이 죽어 있니? 또 무슨 일이야?

제이미 　(어머니를 보지도 않고) 아녜요.

메리 　참, 앞 울타리에서 일을 하셨지. 그래서 그렇게 기
운이 하나도 없구나, 응?

제이미 　좋으실 대로 생각하세요.

메리 　(여전히 놀리는 투로) 그래, 일만 하고 나면 항상 저
러지, 응? 덩치만 컸지 어린애라니까. 안 그러니,
에드먼드?

에드먼드 　다른 사람들 이목에 신경 쓰는 걸 보면 바보가
분명해요.

메리 　(묘한 말투로) 그래, 신경 안 쓰는 방법밖에 없어.
(제이미가 적의 어린 눈으로 흘낏 보자 화제를 바꾼
다.) 너희 아버진 어디 계시니? 캐슬린이 부르는
소리를 들었는데.

에드먼드 　형이 그러는데 터너 선장을 붙잡고 있대요. 평소
처럼 또 늦으시겠죠. (제이미는 등을 돌릴 구실이 생
기자 얼른 일어나서 오른쪽 창가로 간다.)

메리 　캐슬린 말야, 아버지가 어디 계시든 직접 가서 말
씀드리라고 입이 닳도록 타일렀건만 싸구려 하숙
집에서처럼 소리를 지르다니!

제이미    (창밖을 내다보며) 저기 내려갔네요. (냉소적으로) 명배우의 '낭랑한 음성'을 중단시키다니! 버르장머리 없이.

메리    (아들을 향한 분노가 터져, 날카롭게) 버르장머리 없는 건 바로 너야! 아버지 좀 그만 비웃어! 이제 용서 못한다! 넌 네 아버지를 자랑스럽게 여겨야 해! 네 아버지한테도 허물은 있겠지. 세상에 허물 없는 사람이 어디 있니? 네 아버진 평생 열심히 일해 오신 분이야. 가난과 무지를 딛고 일어나 자기 분야에서 정상에 오르셨어! 다른 사람들은 다 네 아버지를 칭찬한다. 그리고 설사 세상 사람들이 다 네 아버지를 비웃는다 해도 넌 그러면 안 돼. 아버지 덕에 평생 힘들여 일할 필요 없이 살아왔으니까. (상처받은 제이미, 돌아서서 비난 어린 반항의 눈길로 어머니를 노려본다. 메리, 미안해서 눈빛이 흔들리며 달래는 목소리로 덧붙인다.) 제이미, 아버지도 이제 늙으셨어. 그러니 이해를 좀 해드려야지.

제이미    그래요?

에드먼드    (불안해서) 형, 그만둬! (제이미, 다시 창밖을 내다본다.) 그리고 어머니도요. 왜 갑자기 형한테 그러세요?

메리    (매정하게) 눈만 뜨면 남을 비웃잖니. 다른 사람들 약점이나 찾고. (그러다 돌연 감정 없는 초연한 목소리로 변하며) 운명이 저렇게 만든 거지 저 아이 탓은 아닐 거야. 사람은 운명을 거역할 수 없으니까. 운명은 우리가 미처 깨닫지 못하는 사이에 손을 써서 우리가 진정으로 원하는 것과는 거리가 먼 일들을 하게 만들지. 그래서 우리는 영원히 진정한 자신을 잃고 마는 거야. (에드먼드는 어머니의 이상한 태도에 겁이 난다. 그는 어머니의 눈을 보려고 하지만 어머니는 시선을 피하고 있다. 제이미는 어머니를 돌아봤다가 다시 재빨리 창밖으로 시선을 돌린다.)

제이미 (멍하니) 배고파. 노친네 제발 좀 들어오지. 일부러 저렇게 늑장을 부리다가 나중에 꼭 맛없다고 불평이라니까.

메리 (속으론 무관심하면서 겉으로만 기계적으로 화를 내며) 그래, 정말 괴로운 일이지, 제이미. 얼마나 괴로운지 넌 몰라. 오래 있을 자리가 아니라고 멋대로 구는 하인들을 데리고 이 별장 살림을 꾸려가는 건 네가 아니라 나니까. 이런 여름 별장이 아니라 진짜 집이어야 좋은 하인들을 두고 살 수 있지. 너희 아버진 그나마 별장에 두는 하인도 돈이 아까워서 최고는 못 쓰는 분 아니니. 그러니 해마다 멍청하고 게으른 풋내기들을 데리고 씨름할 수밖에. 너한테 백 번도 넘게 한 말이지. 너희 아버지한테도 마찬가지로 얘기했지만 한 귀로 듣고 한 귀로 흘려버리는 모양이야. 너희 아버진 집에

들이는 돈은 낭비라고 여기니까. 호텔 생활을 너무 많이 해서 그래. 일류 호텔도 아니고 맨 싸구려 호텔. 그래서 집이 어떤 건지를 몰라. 집에서도 집 같은 기분을 못 느끼지. 그러면서도 집을 갖고 싶어해. 이 누추한 집도 자랑스러워하니까. 너희 아버진 여길 좋아해. (소리 내어 웃는다―절망적이면서도 즐거워하는 웃음이다.) 그 생각만 하면 정말 우습다니까. 참 특이한 사람이야.

에드먼드 (다시 불안하게 어머니의 눈을 보려고 하면서) 어머니, 왜 그렇게 말씀이 많으세요?

메리 (재빨리 평소의 모습으로 돌아와서, 아들의 뺨을 토닥이며) 아니, 별 일 아니다. 내가 바보처럼 굴었구나. (그때 캐슬린이 뒤쪽 응접실을 통해 들어온다.)

캐슬린 (입심 좋게) 마님, 점심 준비됐어요. 마님 지시대로 주인님께 직접 가서 말씀드렸어요. 금방 오겠다고 하시고선 계속 저러고 계시네요. 옛날 얘기 하시느라⋯⋯.

메리 (무관심하게) 알았어, 캐슬린. 브리지트한테 가서 미안하지만 주인님 들어오실 때까지 조금만 더 기다려야겠다고 전해. (캐슬린, "예, 마님." 하고 웅얼거리고 뒤쪽 응접실로 사라지며 혼자 구시렁댄다.)

제이미 젠장! 우리 먼저 먹으면 안 돼요? 아버지가 그러라고 했잖아요.

메리 (재미있어하는 냉담한 미소를 머금고) 그건 진심이 아냐. 넌 아직도 아버지를 모르니? 그러면 무척 기분이 상하실 거야.

에드먼드 (자리를 피할 구실이 생기자 벌떡 일어나며) 제가 가서 부를게요. (옆 베란다로 나간다. 잠시 후 그가 현관에서 화가 나서 외치는 소리가 들려온다.) 아버지이! 빨리요! 종일 기다리게 하실 거예요! (메리는 의자 팔걸이에서 일어나 있다. 그녀의 두 손이 탁자 위에서 초조하게 움직인다. 그녀는 제이미를 보지 않고도 그가 심판하는 듯한 냉소적인 눈길로 자신의 얼굴과 손을 흘낏 보는 걸 느낀다.)

메리 (긴장해서) 왜 그렇게 보니?

제이미 아시잖아요. (다시 창으로 눈을 돌린다.)

메리 몰라.

제이미 아니, 지금 절 속일 수 있다고 생각하시는 거예요? 전 장님이 아녜요.

메리 (고집스럽게 철저히 부인하는 표정이 되어 아들을 똑바로 쳐다보며) 무슨 얘기를 하고 있는 건지 모르겠구나.

제이미 몰라요? 그럼 거울로 가서 눈 좀 보시죠!

에드먼드 (현관에서 안으로 들어오며) 아버지를 오시게 했어요. 금방 들어오실 거예요. (두 사람을 차례로 살핀다. 메리는 그의 시선을 피한다. 에드먼드, 불안하게) 무슨 일이에요? 왜 그러세요, 어머니?

메리 (아들이 갑자기 들어온 것에 동요되어 냉정을 잃고 죄책감과 초조한 흥분에 휘말려) 네 형은 자신을 부끄럽게 여겨야 해. 나는 알지도 못하는 일을 갖고 자꾸 이상한 소리를 하는구나.

에드먼드 (제이미를 향해) 염병할! (형을 향해 위협적으로 한 걸음 다가간다. 제이미는 어깨를 으쓱한 다음 등을 돌려 창밖을 내다본다.)

메리 (더욱 당황해서 에드먼드의 팔을 움켜잡고, 격하게) 당장 그만둬, 내 말 안 들려? 내 앞에서 그런 상소리를 하다니! (그러다 갑자기 아까처럼 묘하게 초연한 목소리와 태도로 돌변한다.) 형 탓할 것 없다. 과거가 네 형을 그렇게 만들어놓은 거야. 네 아버지도 마찬가지고. 너도, 나도 마찬가지지.

에드먼드 (겁에 질려, 가망 없는 희망에 필사적으로 매달리며) 형은 거짓말쟁이예요! 거짓말이죠, 그렇죠, 어머니?

메리 (시선을 외면한 채) 뭐가 거짓말이야? 너도 형처럼 수수께끼 같은 소리를 하고 있구나. (에드먼드의 비탄에 잠긴 비난하는 눈길을 마주하고는 더듬거린다.) 에드먼드! 그만! (시선을 돌린다. 언제 그랬냐 싶게 초연한 태도를 되찾고는, 침착하게) 아버지가 계단을 올라오시는구나. 브리지트에게 알려야지. (뒤쪽 응접실로 사라진다. 에드먼드는 천천히 자기 의자로 간다. 병색이 짙고 절망적인 모습이다.)

제이미 (창가에서 돌아보지도 않고) 어때?

에드먼드 (아직은 형에게 아무것도 인정하고 싶지 않아서 약한

반항조로) 어떻긴, 뭐가? 형은 거짓말쟁이야. (제이
미는 다시 어깨를 으쓱한다. 현관의 방충문이 닫히는
소리가 들린다. 에드먼드가 심드렁하게 말한다.) 아버
지 오셔. 술 갖고 화내시지 않았으면 좋겠는데. (타
이론, 앞 응접실을 통해 들어온다. 상의를 입고 있다.)

**타이론**　늦어서 미안하구나. 터너 선장 말야, 얘기를 시작
했다 하면 사람을 놔 주질 않는다니까.

**제이미**　(돌아보지도 않고 냉담하게) '듣기 시작하면'이겠죠.
(타이론, 혐오스러운 듯 아들을 노려본다. 탁자로 가면
서 재빨리 눈으로 위스키의 양을 확인한다. 제이미는
돌아보지 않고도 그것을 느낀다.) 걱정 마세요. 술은
그대로니까.

**타이론**　난 보지도 않았다. (신랄하게 덧붙인다.) 그리고 겉으로
만 봐서 알 게 뭐야. 네 속임수 뻔히 다 아는데.

**에드먼드**　(멍하니) 지금 모두 같이 한잔하자고 하신 건가요?

**타이론**　(에드먼드를 향해 얼굴을 찡그리며) 제이미야 오전에
일도 많이 했으니까 마셔도 좋지만 넌 안 돼. 하
디 선생이……

**에드먼드**　하디 선생 얘긴 집어치워요! 한잔한다고 죽지는 않
으니까. 아버지, 지치고 기운이 없어서 그래요.

**타이론**　(걱정스럽게 에드먼드를 보고는, 쾌활한 태도를 꾸며
서) 그럼 한잔하렴. 식사 전이고, 내 경험으로는
식욕이 나도록 고급 위스키를 적당히 마셔 주면
강장제로 최고지. (에드먼드는 일어나서 아버지가 건

네는 술병을 받는다. 그가 한 잔 가득 따르자 타이론
은 경고하듯 얼굴을 찡그린다.) 내가 '적당히'라고 했
지. (그는 자신의 잔에 따른 뒤 제이미에게 술병을 건
네며 투덜댄다.) 너한테는 적당히 어쩌고 해 봤자
내 입만 아프지. (제이미는 아버지의 암시를 무시하
고 한 잔 가득 따른다. 타이론은 얼굴을 찌푸린다. 그
러다 단념하고 다시 쾌활한 태도로 돌아가 잔을 쳐든
다.) 자, 건강과 행복을 위하여! (에드먼드, 쓸쓸하게
웃는다.)

에드먼드    농담도 잘하셔!

타이론    뭐가?

에드먼드    아녜요. 건배. (모두들 마신다.)

타이론    (심상치 않은 분위기를 느끼고) 무슨 일이야? 왜 이
렇게 분위기가 우울한 거야. (제이미를 돌아보며 화
를 낸다.) 마시고 싶어 하던 술도 마셨잖아, 응? 그
런데 왜 그렇게 우울한 얼굴이야?

제이미    (어깨를 으쓱하며) 아버지도 곧 그렇게 되실 거예요.

에드먼드    닥쳐, 형.

타이론    (불안해져서 화제를 돌린다.) 점심 준비가 된 줄 알았
는데. 몹시 시장하구나. 너희 어머닌 어디 계시니?

메리    (뒤쪽 응접실을 통해 돌아오며 외친다.) 여기 있어요.
(들어선다. 흥분 상태이면서도 주위의 시선을 몹시 의
식한다. 말을 하면서 사방을 두리번거리지만 가족과
눈이 마주치는 것만은 피한다.) 브리지트 좀 달래느

라고요. 당신이 또 늦는다고 화가 났어요. 그럴 만도 하죠. 음식이 오븐 속에서 말라비틀어져도 다 당신 탓이니까 먹든 말든 자기는 알 바 아니래요. (점점 더 흥분하며) 이런 걸 가정이라고 이러고 사는 것도 이제 지긋지긋해요! 당신은 항상 멋대로예요! 남을 위한 배려라곤 조금도 없죠! 당신은 가정에서 어떻게 행동해야 하는지도 모르는 사람이에요! 당신은 가정을 원하지도 않죠! 당신은 가정을 원한 적이 없어요. 결혼한 그날부터! 당신은 독신으로 싸구려 호텔에서 살면서 술집에서 친구들하고나 어울렸어야 했어요! (이제 남편에게가 아니라 혼잣말을 하는 듯한 어조로 덧붙인다.) 그럼 아무 일도 일어나지 않았을 텐데. (모두 그녀를 바라본다. 타이론도 이제 눈치 챈다. 그러자 그는 갑자기 지치고 비통한 노인의 모습이 된다. 에드먼드는 아버지를 흘낏 보고 아버지가 눈치 챈 걸 깨닫지만 그래도 어머니에게 경고를 보내지 않을 수 없다.)

에드먼드    어머니! 그만 하세요. 이제 점심 먹으러 가죠.
메리    (움찔한다. 즉시 부자연스러운 초연한 표정으로 돌아간다. 혼자 무엇이 즐거운지 미소까지 짓는다.) 그래, 네 아버지와 형이 배고플 걸 알면서도 지나간 얘기나 들추고 있다니 내가 생각이 짧았구나. (에드먼드의 어깨를 안고, 다정한 근심을 담고 있으면서도 동시에 냉담하게) 네가 입맛이 좀 났으면 좋겠구나.

넌 더 먹어야 해. (에드먼드의 옆에 놓인 술잔에 시선을 박고 날카롭게) 왜 술잔이 여기 있니? 너 술 마셨니? 이런 어리석은 것 같으니라고! 너한테는 술이 독이라는 걸 몰라? (타이론을 돌아보며) 제임스, 당신 잘못이에요. 어떻게 쟤한테 술을 먹여요? 쟤를 죽이고 싶어요? 우리 아버지 생각 안 나요? 아버진 병이 든 뒤에도 술을 끊지 않았죠. 의사들은 다 멍청이라고 하면서! 아버지도 당신처럼 위스키를 강장제로 여기셨으니까. (눈에 공포가 어리며 말을 더듬는다.) 나도 참, 비교할 걸 해야지. 내가 왜 이러는지. 제임스, 잔소리해서 미안해요. 술 한잔 한다고 에드먼드에게 해가 되진 않을 거예요. 오히려 입맛을 돌게 하면 이로울 거예요. (다시 묘하게 초연한 태도로 돌아가 에드먼드의 뺨을 장난스럽게 톡톡 친다. 에드먼드는 홱 고개를 돌린다. 메리는 그걸 알아채지 못한 듯하지만 본능적으로 물러선다.)

제이미    (긴장을 감추려고 거칠게) 제발 밥 좀 먹어요. 오전 내내 울타리 밑에서 쭈그리고 일했단 말이에요. 밥값은 했다고요. (어머니를 보지 않고 아버지의 뒤를 돌아 에드먼드에게 가서 동생의 어깨를 잡으며) 가자, 꼬맹아. 먹자. (에드먼드, 어머니를 외면한 채 일어선다. 아들들은 어머니를 지나쳐 뒤쪽의 응접실로 향한다.)

타이론    (멍하니) 그래, 어머니 모시고 먼저 가거라. 금방

갈 테니까. (그러나 아들들은 어머니를 기다려 주지
않고 그냥 간다. 메리는 주체할 수 없는 고통 속에서
아들들의 뒷모습을 바라보다가 그들이 뒤쪽 응접실로
들어서자 그들을 따라가기 시작한다. 타이론이 책망하
는 슬픈 눈길로 그녀를 바라보고 있다. 남편의 시선을
느낀 메리가 날카롭게 돌아보지만 남편의 눈을 똑바로
보지 못한다.)

메리     왜 그렇게 보는 거예요? (떨리는 손을 올려 머리를
매만진다.) 머리가 내려왔나요? 어젯밤에 잠을 못
자서 도무지 기운을 차릴 수가 있어야죠. 그래
서 좀 누워야겠다고 생각했죠. 그러다 깜빡 잠이
들었는데 한잠 달게 잤어요. 하지만 일어나서 분
명 다시 머리를 만졌는데. (억지로 웃으며) 하기야
이번에도 안경을 못 찾았지만요. (날카롭게) 제발
그만 좀 봐요! 누가 보면 당신이 나를 비난하는
줄……. (애원하듯) 제임스! 당신은 몰라요!

타이론   (힘없이 화를 내며) 당신을 믿은 내가 천하의 멍청
이였다는 거 알아! (메리에게서 물러나 술을 한 잔
가득 따른다.)

메리     (다시 고집스럽고 반항적인 표정이 되어) '나를 믿었
다'니, 그게 무슨 뜻인지 모르겠군요. 난 불신과
감시와 의심 속에서 살았는데. (그러곤 비난하듯)
왜 한 잔 더 마시는 거죠? 점심 전에는 한 잔 이
상 안 마셨잖아요. (매섭게) 어떻게 될지 알겠어

요. 당신은 오늘 밤 취할 거예요. 하기야 이번이 처음도 아니지, 한 천 번째쯤? (다시 애원조로 절규하며) 제임스, 제발요! 당신은 모른다고요! 에드먼드 때문에 걱정돼 죽겠어요! 혹시 걔가…….

타이론  변명 따위는 듣고 싶지 않소, 메리.

메리  (고통스럽게) 변명이라고요? 그러니까 당신은……? 당신, 어떻게 날 그렇게 생각할 수 있죠! 제임스, 그러면 안 돼요! (슬그머니 초연한 태도로 되돌아가서, 아무렇지도 않게) 점심 먹으러 안 갈래요, 여보? 난 아무것도 먹고 싶지 않지만 당신은 시장하실 거예요. (타이론은 아내가 서 있는 문간으로 천천히 걸어간다. 걸음걸이가 마치 노인 같다. 그가 가까이 오자 메리는 애처롭게 절규한다.) 제임스! 나도 죽도록 애썼어요! 노력했다고요! 제발 믿어……!

타이론  (자신도 모르게 마음이 움직여, 무력하게) 그랬을 거요, 메리. (그런 다음 비탄에 잠겨) 그런데 왜 계속 견딜 힘이 없었던 거요?

메리  (다시 완강하게 부인하는 얼굴로) 무슨 소린지 모르겠군요. 뭘 견딜 힘이 없어요?

타이론  (절망적으로) 그만둡시다. 이제 와서 무슨 소용이겠소. (걸음을 옮긴다. 메리도 그와 나란히 뒤쪽의 응접실로 사라진다.)

막

# 2막 2장

    같은 장소, 반 시간쯤 뒤. 탁자 위에 있던 술 쟁반이 치워지고 없다. 막이 오르면 가족들이 점심 식사를 마치고 돌아온다. 메리가 맨 먼저 뒤쪽 응접실에서 모습을 드러낸다. 남편이 그 뒤를 따라나온다. 그는 아까 1막에서 아침을 먹고 등장할 때와 비슷한 상황인데도 아내와 함께 나오지 않는다. 그는 아내를 만지려고도, 보려고도 하지 않는다. 비난하는 표정의 얼굴에는 이제 지치고 무력한, 해묵은 체념의 빛까지 어려 있다. 제이미와 에드먼드가 아버지 뒤를 따라 나온다. 제이미의 얼굴은 방어적인 냉소주의로 딱딱하게 굳어 있다. 에드먼드도 형의 이러한 방어술을 흉내 내려 하지만 잘 되지 않는다. 몸이 병들었을 뿐더러 마음까지 아프다는 걸 그대로 드러내고 있다.

메리는 점심 식사 내내 가족들과 함께 앉아 있었던 것이 견디기 힘든 부담이었던 듯 다시 끔찍하게 신경질적이다. 그러면서도 얼굴 표정은 자신의 히스테리와 신경을 갉아먹는 걱정거리들에서 한 걸음 물러서 있는 듯한 묘한 냉담함이 더욱 뚜렷해졌다.

그녀는 들어오면서 말을 하고 있다. 가족들과의 대화라는 일과를 수행하면서 그녀의 입에서는 무심결에 말이 줄줄이 쏟아져 나온다. 가족들이나 자신이나 그 말을 듣지 않고 딴 생각을 하고 있다는 걸 알면서도 개의치 않는 듯하다. 그녀는 말하면서 탁자 왼쪽으로 가서 정면을 보고 선다. 한 손은 옷의 가슴께를 더듬고 다른 손은 탁자 위에서 움직이고 있다. 타이론은 시가를 피워 물고 방충문으로 가서 밖을 내다본다. 제이미는 뒤쪽 책장 위에 놓인 항아리에서 살담배[6]를 꺼내 파이프에 채운다. 그는 오른쪽 창가로 가면서 파이프에 불을 붙인다. 에드먼드는 어머니를 보지 않아도 되도록 어머니로부터 몸을 반쯤 돌리고 의자에 앉는다.

> **메리**　브리지트는 야단쳐 봐야 소용이 없어. 듣지를 않으니까. 겁도 못 줘. 오히려 제 편에서 나가겠다고 겁을 주거든. 그리고 최선을 다할 때도 가끔은 있으니까. 제임스, 당신은 그런 때마다 늦으니 정말

---

6) 칼 따위로 썬 담배.

안됐지 뭐예요. 뭐, 한 가지 위안이라면 브리지트
의 음식은 최선을 다해서 만든 거나 아무렇게나
만든 거나 별 차이가 없다는 거지만. (남의 일처럼
재미있어하며 조그맣게 웃는다. 무관심하게) 신경 쓸
거 없어요. 다행히 여름이 곧 끝날 테니까. 다시
시즌이 시작되면 우린 싸구려 호텔과 기차로 돌
아갈 수 있으니까요. 그런 생활도 싫지만 그래도
거기선 가정다운 걸 기대하는 마음은 없으니까.
살림 걱정할 필요도 없고. 브리지트나 캐슬린에
게 여기가 가정집인 것처럼 행동하기를 기대한다
는 건 무리죠. 우리와 마찬가지로 하녀들도 다 아
니까. 여긴 과거에도, 앞으로도 가정집이 될 수 없
어요.

**타이론**　(돌아보지도 않고 신랄하게) 이젠 다 틀렸지. 하지만
전엔 아냐. 당신이…….

**메리**　(즉시 철저히 부인하는 표정이 되며) 내가 뭐요? (죽
음 같은 침묵이 흐른다. 메리는 초연한 태도로 되돌아
가 말을 잇는다.) 아니, 아녜요. 무슨 소리를 하려
는 건지는 모르지만 그렇지 않아요, 여보. 여긴
가정집이었던 적이 없어요. 당신은 늘 클럽이나
술집을 더 좋아했죠. 그리고 나한테도 여긴 하룻
밤 묵는 지저분한 호텔 방처럼 늘 쓸쓸했어요. 진
짜 집에서는 쓸쓸할 수가 없는 법이죠. 나는 가정
이 어떤 것인지 경험을 통해 알고 있어요. 당신과

결혼하기 위해 난 가정을 포기했죠. 우리 아버지의 집. (그러다 연상되는 것이 있어 에드먼드에게 고개를 돌린다. 다정하게 염려해 주는 태도이지만 그 속에는 묘한 초연함이 들어 있다.) 에드먼드, 네가 걱정이구나. 점심때도 음식에 거의 손을 안 댔잖아. 그래 가지고 건강해질 수 있겠니. 나야 입맛이 없어도 괜찮지. 너무 살이 쪘으니까. 하지만 넌 먹어야 해. (어머니답게 구슬리며) 그러겠다고 약속해, 이 엄마를 위해서.

**에드먼드** (기운 없이) 예, 어머니.

**메리** (피하지 않으려고 애쓰는 아들의 뺨을 톡톡 치며) 그래야 착하지. (다시 죽음 같은 침묵. 그러다 현관의 전화벨이 울리자 모두 움찔 놀라 몸이 굳는다.)

**타이론** (황급히) 내가 받지. 맥과이어가 전화한다고 했거든. (앞 응접실을 통해 나간다.)

**메리** (냉담하게) 맥과이어. 너희 아버지 말고는 살 사람이 없는 땅이 또 나왔나 보지. 이제 상관없는 일이지만, 항상 너희 아버진 나한테 집다운 집을 마련해 줄 돈은 없어도 땅 살 돈은 있는 모양이야. (현관에서 타이론의 목소리가 들려오자 말을 끊고 귀기울인다.)

**타이론** 여보세요. (억지로 쾌활하게) 아, 안녕하십니까, 선생님? (제이미, 창에서 돌아선다. 메리의 손이 탁자 위에서 더 빠르게 움직인다. 타이론의 목소리는 아무렇지도 않은 척 애는 쓰지만 나쁜 소식을 들었음을 감추지 못한다.) 알겠습니다……. (황급히) 그럼 이따 오후에 본인을 만나면 다 설명해 주십시오. 예, 틀림없이 갈 겁니다. 4시에. 그 전에 제가 잠깐 들르지요. 그러잖아도 일 때문에 나가야 되니까. 안녕히 계십시오, 선생님.

에드먼드  (기운 없이) 희소식은 아닌 모양이군. (제이미는 동생에게 연민의 눈길을 던지고는 다시 창밖을 본다. 메리는 공포에 질린 얼굴이 되면서 미친 듯이 손을 떤다. 타이론이 들어온다. 그는 에드먼드에게 아무 일 없었던 듯 말을 걸지만 긴장감이 역력하다.)

타이론  하디 선생이다. 이따 4시에 꼭 오라는구나.

에드먼드  (기운 없이) 뭐래요? 이제 관심도 없지만.

메리  (흥분해서 소리치며) 성경책을 무더기로 쌓아 놓고 맹세를 한대도 난 그 사람 말 안 믿어요. 에드먼드, 그 사람 하는 말 귀담아들을 거 하나도 없다.

타이론  (날카롭게) 메리!

메리  (더욱 흥분해서) 당신이 왜 그 사람을 좋아하는지 우리도 다 알아요, 제임스! 싸구려니까! 두둔하지 말아요! 나도 하디 선생에 대해 다 아니까. 그렇게 겪고도 모른다면 말이 안 되죠. 그는 무식한 멍청이예요! 그런 사람은 의사 노릇을 못하도록 법으로 막아야 해요. 아무것도 모르고……. 사람이 고통스러워서 반은 미쳐 있는데 태연히 앉아서 손

을 잡고 의지력에 대한 설교나 늘어놓고! (과거의
기억이 떠오르자 격렬한 고통에 얼굴이 일그러진다.
그 순간, 그녀는 완전히 조심성을 잃는다. 증오에 차서)
그 작자는 의도적으로 굴욕감을 느끼게 만들어
요! 자기한테 매달려 애원하게 한다고요! 사람을
무슨 죄인 취급하죠! 아무것도 모르면서! 처음
에 그 약을 줬던—그 약이 무슨 약인지 알았을
땐 이미 때가 늦은 다음이었죠—아무튼 그때 그
싸구려 돌팔이와 아주 똑같은 인간이에요! (열띤
목소리로) 의사들이라면 지긋지긋해! 그 인간들
은 환자를 끌기 위해서라면 무슨 짓이든, 무슨 짓
이든 하지. 자기 영혼이라도 팔아먹을걸! 더 끔찍
한 건, 그들이 우리 영혼까지도 팔아먹는다는 거
야. 우린 지옥에 떨어진 자신을 발견하고서야 그
런 사실을 깨닫지!

에드먼드　어머니! 제발 그만 좀 하세요.

타이론　(동요하며) 그래요, 메리, 지금 그런 말을 할 때가…….

메리　(갑자기 죄책감에 당황해서 어쩔 줄 모르며 더듬는
다.) 나, 난…… 미안해요, 여보. 당신 말이 맞아
요. 이제 와서 화를 내 봐야 소용없는 일이죠. (다
시 잠시 죽음 같은 침묵이 깔린다. 이윽고 메리가 환하
고 평온한 얼굴이 되어 다시 입을 연다. 그녀의 목소리
와 태도에 저 섬뜩한 초연함이 들어 있다.) 괜찮다면
난 잠깐 2층에 좀 올라갔다 와야겠어요. 머리를

만져야 하거든요. (미소 지으며 덧붙인다.) 안경을 찾을 수 있다면 말예요. 금방 내려올게요.

타이론 (아내가 문간으로 가자, 애원과 비난을 담아) 메리!

메리 (차분히 돌아보며) 왜요, 여보? 왜 그래요?

타이론 (절망적으로) 아니오.

메리 (조롱 섞인 미소를 지으며) 그렇게 못 미더우면 따라 올라와서 감시하세요.

타이론 그래 봤자 무슨 소용이야! 나중에 할 텐데. 그리고 난 간수가 아니오. 여기가 감옥도 아니고.

메리 아무렴요. 당신이야 여길 집이라고 생각하지 않을 수 없겠죠. (초연하게 뉘우치며 재빨리 덧붙인다.) 미안해요, 여보. 모진 말을 할 생각은 없었는데. 당신 잘못은 아니니까. (돌아서서 뒤쪽 응접실로 사라진다. 남은 세 사람은 침묵에 빠진다. 마치 메리가 2층에 올라갈 때까지 기다리는 듯하다.)

제이미 (냉소적으로 잔인하게) 팔에 주사 한 방 또 맞겠군!

에드먼드 (성을 내며) 그런 말 좀 하지 마!

타이론 그래! 타락한 브로드웨이 건달들이나 쓰는 잡소리는 집어치워! 넌 인정도 예의도 없니? (울화통이 터져서) 너 같은 건 내쫓아서 시궁창에 처박아야 해! 하지만 그렇게 하면 울고 애원하고 변명하고 불평하면서 너를 다시 데려오게 할 사람이 누군지 잘 알겠지.

제이미 (발작적인 고통이 스치는 얼굴로) 참, 제가 그걸 몰라요? 인정이 없다고요? 저도 어머니 때문에 가슴이 찢어져요. 어머니가 얼마나 힘든 싸움을 하고 있는지 알아요. 아버지 이상으로요! 제가 그런 말을 한 건 냉정해서가 아니에요. 우리 모두 알고 있는 사실, 이제부터 다시 우리가 견뎌야만 할 일을 있는 그대로 말한 것뿐이라고요. (비통하게) 치료 효과는 잠깐이었어요. 사실 치료도 안 되는 건데 우린 등신같이 희망을⋯⋯. (냉소적으로) 이제 다 글렀어요!

에드먼드    (형의 냉소주의를 조소적으로 비틀어) 이제 다 글렀지! 확실하게! 다 조작된 게임이었어! 우린 모두 잘 속는 얼간이들이고 게임에 이길 수가 없지! (경멸적으로) 어째서 형은 매사에 그런 식으로만⋯⋯!

제이미    (잠시 가책을 느끼지만, 어깨를 으쓱하면서 냉담하게) 너도 마찬가진 거 같은데. 네 시(詩)도 그렇게 밝진 않잖아. 네가 읽고 감탄하는 글들도. (뒤쪽의 작은 책장을 가리키며) 네가 애지중지하는, 이름이 이상해서 발음하기도 어려운 사람 글도 마찬가지고.

에드먼드    니체야. 모르면 가만히 있어. 형은 니체를 읽은 적도 없잖아.

제이미    다 헛소리라는 건 알지.

타이론    닥쳐, 둘 다! 네가 브로드웨이 건달들한테 배운 철학이나 에드먼드가 책에서 얻은 철학이나 다 그게 그거야. 둘 다 완전히 썩었어. 너희 둘은 가톨릭 신앙 속에서 나고 자랐으면서도 유일하게 진실된 신앙인 가톨릭을 모독했어. 그래서 결국 자기 파멸에 이르게 된 거야! (두 아들이 그를 경멸어린 시선으로 본다. 그들은 다투던 걸 잊고 하나로 뭉쳐 아버지에 대항한다.)

에드먼드   그건 헛소리예요, 아버지!

제이미   그래도 우린 믿는 척은 안 하죠. (가혹하게) 아버지도 바지 무릎에 구멍이 나도록 열심히 미사에 나가진 않잖아요.

타이론   그래. 나도 계율을 잘 지키진 못했지. 하느님, 용서하소서. 하지만 난 믿음이 있어! (부아가 나서) 그리고 네 말은 틀렸어! 난 교회엔 안 나가도 평생 아침저녁으로 무릎 꿇고 기도를 올렸어!

에드먼드   (신랄하게) 어머니를 위해서 기도했나요?

타이론   그래. 오랫동안 너희 어머니를 위해 기도해 왔어.

에드먼드   그렇다면 니체의 말이 옳군요. (『차라투스트라는 이렇게 말했다』에서 인용하여) "신은 죽었다. 인간에 대한 연민이 신을 죽게 했다."

타이론   (무시하고) 너희 어머니도 기도했더라면……. 너희 어머니는 신앙을 거부하진 않았지만 그것을 잊어버렸지. 그래서 이제 자신에게 내린 저주와 맞서 싸울 영적인 힘조차 남아 있지 않은 거야. (힘없이 체념하며) 그런 말을 해 봐야 무슨 소용이겠니?

우린 전에도 이렇게 살았고 이제 앞으로도 그래야 돼. 도리 없어. (비통하게) 이번엔 다를 거라는 희망이나 주지 말 것이지. 이제 다시는 희망 같은 거 안 품어!

에드먼드  그런 말씀 마세요, 아버지! (반항적으로) 전 희망을 가질 거예요! 어머닌 이제 막 시작하셨어요. 아직 깊이 빠지지 않았다고요. 그러니까 아직은 끊을 수 있어요. 제가 어머니와 얘기를 해 보겠어요.

제이미  (어깨를 으쓱하며) 지금은 어머니와 대화가 불가능해. 네 얘기를 듣는 것처럼 보이겠지만 사실은 듣지 않을 테니까. 어머닌 몸은 여기 있어도 마음은 딴 데 있어. 어머니가 어떻게 되는지 너도 알잖아.

타이론  그래, 독이 들어가면 항상 그렇게 되지. 이제부터 매일 우리에게서 멀어져 밤이면…….

에드먼드  (비참하게) 그만두세요, 아버지! (의자에서 벌떡 일어난다.) 옷을 갈아입어야겠어요. (가면서 신랄하게) 어머니가 감시하러 왔다고 의심하지 않도록 요란하게 소리를 내야지. (앞 응접실로 모습을 감춘 뒤 쿵쿵거리며 계단을 올라가는 소리가 들린다.)

제이미  (잠시 사이를 두고) 하디 선생이 꼬맹이에 대해서 뭐래요?

타이론  (기운 없이) 네 짐작대로야. 폐병이래.

제이미  빌어먹을!

타이론 　의심할 여지가 없다는구나.

제이미 　그럼 요양소에 보내야죠.

타이론 　그래. 하디 선생 말이, 본인에게나 주위 사람들
　　　　을 위해서나 빠를수록 좋다는구나. 자기가 시키
　　　　는 대로만 하면 육 개월에서 일 년이면 나을 거
　　　　래. (한숨을 쉬고는, 침울하고 화가 나서) 설마 내 자
　　　　식이 그런……. 내 쪽 유전은 아니야. 우리 가문은
　　　　전부 폐가 황소처럼 튼튼하니까.

제이미 　누가 그런 얘기 듣고 싶대요! 하디 선생이 어느 요
　　　　양소로 보내래요?

타이론 　바로 그 문제 때문에 만나려고.

제이미 　그럼 제발 좋은 데로 고르세요. 싸구려 말고!

타이론 　(양심에 찔려서) 하디 선생이 제일 좋다고 하는 데
　　　　로 보낼 거다!

제이미 　그럼 하디 선생한테 세금이니 저당이니 하면서
　　　　궁상이나 떨지 마세요.

타이론 　나는 돈을 물 쓰듯 할 수 있는 백만장자가 아냐!
　　　　하디 선생한테 왜 사실대로 말을 못해?

제이미 　그러면 하디 선생이 싸구려로 골라 달라는 뜻으
　　　　로 받아들일 테니까요. 나중에 아버지가 맥과이
　　　　어를 만나 그 알랑대는 사기꾼에게 속아 또 땅을
　　　　산 걸 알게 되면 그게 순 엄살이었다는 걸 알게
　　　　될 테니까요!

타이론 　(노발대발한다.) 내 일에 상관 마!

| 제이미 | 이건 에드먼드 일이에요. 전 아버지가 폐병은 못 고친다는 아일랜드 촌사람 생각을 못 버려서 더 이상 돈을 쓰는 건 낭비라고 여길까 봐 그게 걱정스러워요. |
|---|---|
| 타이론 | 헛소리! |
| 제이미 | 좋아요. 그게 헛소리라는 걸 증명해 보세요. 그래서 한 얘기니까. |
| 타이론 | (아직도 분노가 가라앉지 않아서) 나도 에드먼드가 낫기를 간절히 바라는 사람이다. 그리고 아일랜드 욕 좀 그만해! 얼굴에 아일랜드 지도가 그려진 녀석이 제 조국을 비웃다니! |
| 제이미 | 그거야 씻어 내면 그만이죠. (조국을 모욕하는 발언에 대해 아버지가 반응을 보이기 전에 어깨를 으쓱하며 냉담하게 덧붙인다.) 제가 할 말은 다 했으니까 이제 아버지한테 달렸어요. (느닷없이) 저 오후에 뭐 할까요? 아버진 시내에 나가신다면서요? 울타리 손질도 아버지 몫만 빼면 제가 할 일은 다 했어요. 물론 제가 아버지 몫까지 손질하는 건 원하지 않으시겠죠. |
| 타이론 | 그래. 엉망으로 만들어 놓을 테니까. 넌 만사 그 모양이지. |
| 제이미 | 그럼 에드먼드랑 시내에나 가야겠어요. 어머니 일에다 나쁜 소식까지 들으면 충격이 클 테니까. |
| 타이론 | (아들과 다투던 걸 잊고) 그래, 같이 가거라, 제이미. |

개 낙심하지 않게 해 줘. (신랄하게 덧붙인다.) 그 핑계로 술이나 퍼마시지 말고!

제이미 돈은 어쩌고요? 듣자 하니 아직 술은 공짜로 주는 게 아니라 돈을 내고 마시는 거라던데. (앞 응접실 입구로 향하며) 가서 옷 입을게요. (어머니가 다가오자 문간에 서서 기다렸다가 어머니가 들어오도록 옆으로 비켜선다. 메리는 아까보다 눈빛이 더 반짝거리고 더욱 초연해진 태도이다. 극이 진행되면서 이런 변화는 더욱 두드러진다.)

메리 (멍청하게) 내 안경 어디서 못 봤니? 응, 제이미? (그러면서도 아들을 보지 않는다. 제이미는 못 들은 척 외면한다. 메리는 대답을 기대하는 것 같지도 않다. 그녀는 앞으로 나서며 남편에게 말을 걸지만 그를 보지는 않는다.) 당신은 못 봤어요, 제임스? (제이미, 그녀 뒤에서 앞 응접실로 사라진다.)

타이론 (현관문을 돌아보며) 아니.

메리 제이미 쟤 왜 저래요? 또 잔소리하셨어요? 그렇게 밤낮 야단만 치지 마세요. 걔 잘못 없어요. 정상적인 가정에서 자랐더라면 저렇게 되진 않았을 거예요. (오른쪽 창문으로 가면서, 명랑하게) 당신 날씨 맞추는 실력은 신통치 않네요. 보세요, 안개가 얼마나 자욱해지는지. 저쪽 해안이 잘 안 보이는걸요.

타이론 (자연스럽게 말하려고 애쓰며) 그래, 내 판단이 성급

했어. 아무래도 오늘 밤에도 안개가 끼겠어.

메리   그래도 난 오늘 밤엔 상관없어요.

타이론   그렇겠지.

메리   (남편을 흘낏 본다. 잠시 사이를 두고) 제이미가 울타
리로 내려가는 게 안 보이네요. 어디 갔어요?

타이론   에드먼드랑 병원에 같이 간다는군. 2층에 옷 갈
아입으러 갔소. (그러곤 핑계를 대고 자리를 피한다.)
나도 그래야겠군. 클럽 약속에 늦기 전에. (앞 응접
실을 향해 움직인다. 그러나 메리가 충동적으로 잽싸
게 손을 뻗어 그의 팔을 잡는다.)

메리   (애원하는 목소리로) 아직 가지 말아요, 여보. 혼
자 있고 싶지 않아요. (황급히) 그러니까 내 말은,
당신 아직 시간 많잖아요. 애들보다 열 배나 빨
리 옷을 갈아입는다고 항상 큰소리쳤잖아요. (멍
하니) 당신한테 하고 싶은 말이 있었는데, 뭐였더
라? 깜빡했네. 제이미가 시내에 간다니 잘됐네요.
걔한테 돈 안 줬겠죠?

타이론   안 줬소.

메리   걘 돈만 생겼다 하면 술이고, 술만 취하면 말버릇
이 고약해지니까요. 나야 오늘 밤에 걔가 무슨 소
리를 해도 상관하지 않겠지만 당신은 항상 노발
대발하잖아요. 특히 취하면 더 그런데 오늘 밤
에 술 드실 거잖아요.

타이론   (화가 나서) 아니야. 난 절대 안 취해.

메리    (냉담하게 놀리며) 그야 안 취한 척하는 거죠. 항상
        그래 왔으니까. 다른 사람은 속일 수 있어도 난 결
        혼 생활 삼십오 년 동안…….

타이론  난 단 한 번도 공연을 빼먹은 적이 없소. 그게 증
        거지! (그러곤 매섭게) 설사 취했다고 해도 당신은
        나를 나무랄 입장이 못 되지. 나야 취할 이유가
        있는 사람이니까.

메리    이유? 무슨 이유요? 당신, 클럽에만 가면 너무 많
        이 드시잖아요, 안 그래요? 특히 맥과이어를 만
        나면요. 그 사람이 그렇게 만드니까. 여보, 당신을
        비난하는 게 아니에요. 당신 좋으실 대로 하세요.
        난 상관없어요.

타이론  알고 있소. (빨리 자리를 피하고 싶어 앞 응접실을 향
        해 돌아선다.) 가서 옷 갈아입어야겠어.

메리    (다시 남편의 팔을 잡으며 애원조로) 여보, 조금만
        더 기다려 줘요. 애들이 하나라도 내려올 때까지
        만이라도요. 모두들 나만 두고 가는군요.

타이론  (쓰라린 슬픔을 안고) 당신이 우리를 떠나는 거지.

메리    내가요? 그런 바보 같은 말이 어딨어요, 제임스.
        내가 어떻게 떠나요? 갈 데도 없는데. 내가 누굴
        만나러 가요? 친구도 없는데.

타이론  그거야 당신 탓이지……. (말을 끊고 어쩔 수 없다
        는 듯 한숨짓는다. 달래듯이) 오늘 오후에 당신이 하
        면 좋을 일이 한 가지 있소. 차로 드라이브를 하

는 거지. 집에만 박혀 있지 말고 나가서 햇볕도 좀 쬐고 신선한 공기도 마셔요. (감정이 상해서) 차는 당신을 위해서 산 거요. 나는 저 빌어먹을 물건을 싫어한다는 거 당신도 알잖소. 나는 두 발로 걷거나 전차를 타는 게 나아. (점점 부아가 치밀어서) 당신이 요양원에서 나오면 타라고 사 놨는데. 난 당신이 차를 타면서 즐거워하고 기분 전환도 하기를 바랐소. 그런데 전에는 매일 타더니 요즘은 통 타지를 않아. 없는 형편에 거금을 주고 산 차요. 그리고 당신이 타든 안 타든 기사는 먹여 주고 재워 주고 비싼 봉급까지 꼬박꼬박 챙겨 줘야 된다고. (통렬하게) 헛돈 쓴 거야! 이렇게 낭비하다가 늙어서 양로원에나 들어가기 십상이지! 저 차가 당신한테 무슨 소용이 있었어? 차라리 창밖으로 돈을 던져 버리는 게 낫지.

메리 (초연한 차분함을 보이며) 그래요, 헛돈 쓴 거예요, 제임스. 저 중고차는 사지 말았어야 했어요. 당신은 항상 그랬듯이 또 속아서 산 거예요. 뭘 사든지 싸구려 고물만 찾으니까.

타이론 그래도 고급 차야! 다들 새 차보다 낫다고 한다고!

메리 (못 들은 척) 스마이드를 뽑은 것도 돈만 낭비한 거예요. 스마이드는 정비소 조수 노릇이나 했지 기사 일은 해 본 적도 없는 사람이에요. 진짜 기사보다 봉급이야 낮지만 자동차 수리를 맡길 때마다 정비소에서 뇌물을 받아서 그 이상으로 챙겨 가고 있어요. 차가 툭하면 고장이에요. 스마이드가 수작을 부리는 걸 거라고요.

타이론 　믿을 수 없어! 스마이드는 제복 입는 백만장자의 기사는 아닐지 몰라도 정직한 사람이오! 당신도 제이미보다 나을 게 없어. 아무나 의심하고!

메리 　기분 나쁘게 받아들이지 말아요. 당신이 저 차를 사 줬을 때 나도 기분 나쁘게 받아들이지 않았으니까. 나한테 창피를 주려고 산 게 아니란 걸 알았거든요. 당신이 원래 그런 사람이란 것도 알았고. 그래서 고맙고 감동했어요. 차를 사는 게 당신한텐 쉬운 일이 아니라는 걸 알았기 때문에 당신이 나를 얼마나 사랑하는지 깨닫게 된 거죠. 더구나 저 차가 나한테 도움이 될 거라는 확신도 없었을 테니까.

타이론 　메리! (아내를 와락 껴안고, 울먹이듯이) 여보! 제발 부탁인데, 나를 위해서, 아이들을 위해서, 그리고 당신 자신을 위해서 이제 그만둘 수 없겠소?

메리 　(잠시 죄책감에 허둥대며 더듬거린다.) 난…… 제임스! 제발! (즉시 묘하게 고집스런 방어 자세로 돌아가며) 뭘 그만둬요? 지금 무슨 소리를 하는 거예요? (타이론, 절망해서 팔을 늘어뜨린다. 메리, 충동적으로 남편을 껴안는다.) 제임스! 우린 서로 사랑해 왔어요! 앞으로도 항상 그럴 거고! 우리 그것만 생각해요. 우리가 이해할 수 없는 걸 이해하려고 애쓰지도 말고 어쩔 수 없는 일을 붙잡고 씨름하지도 말아요. 운명이 우리에게 시킨 일들은 변명할 수도 설명할 수도 없는 거예요.

**타이론**　(못 들은 것처럼 신랄하게) 노력조차 안 할 작정이오?

**메리**　(절망적으로 팔을 떨구고 고개를 돌린다. 초연하게) 오후에 드라이브나 하라는 말씀이죠? 그러죠, 뭐. 당신이 원한다면. 그래 봤자 집에 있는 것보다 더 쓸쓸해질 뿐이지만. 같이 드라이브하자고 청할 사람이 있나, 갈 만한 데가 있나. 잠깐 들러서 얘기하고 놀 친구 집이라도 있으면 좋으련만 그것도 없고. 여기선 친구라곤 사귄 적도 없으니. (점점 더 초연한 태도가 된다.) 수녀원 학교에 다닐 때는 친구들이 참 많았는데. 좋은 집에 사는 친구들. 그 친구들 집에 놀러도 가고 우리 집에 초대도 했었죠. 하지만 배우와 결혼을 하니까—그 당시엔 배우들에 대한 인식이 안 좋았잖아요—그 뒤로 많은 친구들이 등을 돌리더군요. 그리고 바로 당신의 정부였던 여자가 당신을 고소했다는 스캔들이 났죠. 그러자 어떤 친구들은 나를 동정하고 어떤 친구들은 안면을 바꾸더군요. 차라리 안면을 바꾸는 쪽이 동정하는 친구들보다 훨씬 덜 미웠어요.

**타이론**　(죄책감에 화를 내며) 거 케케묵은 과거 얘기 좀 들취내지 마. 이제 겨우 점심땐데 벌써 그렇게 과거 속으로 멀리 가면 밤에는 어쩌려고?

**메리**　(이제 반항적으로 노려보며) 그러고 보니 시내에 가긴 가야겠네요. 약국에 들러서 살 게 있거든요.

**타이론**　(경멸에 찬 말투로) 아직 숨겨 놓은 게 남아 있는데도 더 사러 가게 놔 두라 이거지! 그럼 아예 넉넉히 사다 두지 그래. 지난번처럼 밤중에 갑자기 떨어져서 아우성치다가 반쯤 미쳐서 잠옷 바람으로 뛰쳐나가서 바다에 뛰어들려고 하지 말고!

**메리**　(못 들은 척하려고 애쓰며) 가서 치약이랑 비누랑 콜드크림이랑……. (가련하게 울음을 터뜨린다.) 제임스! 그 얘긴 하지 말아요! 너무 창피해요!

**타이론**　(자신이 부끄러워져서) 미안하오. 용서해, 메리!

**메리**　(다시금 방어적인 초연함을 되찾고) 상관없어요. 그런 일은 없었으니까. 당신이 꿈을 꾼 거예요. (타이론, 절망적으로 아내를 바라본다. 메리의 음성은 점점 더 현실에서 멀어지는 듯하다.) 나도 에드먼드를 낳기 전에는 아주 건강했죠. 당신도 기억할 거예요, 제임스. 신경과민이라곤 몰랐죠. 시즌마다 순회공연을 다니는 당신을 따라 침대칸도 없는 기차를 타고 구질구질한 호텔에 묵으면서 아무렇게나 먹고 호텔 방에서 아이들을 낳았지만 그래도 건강했어요. 하지만 에드먼드를 낳고는 무너져 버렸죠. 그 뒤로 너무 아팠고 싸구려 돌팔이 호텔

의사가……. 그 무식한 돌팔이는 내가 아프다는
것밖에는 아는 게 없었어요. 통증만 없애는 건 쉬
웠죠.

**타이론**  메리! 제발 부탁인데 과거는 잊어요!

**메리**  (감정이 개입되지 않은 차분한 음성으로) 왜요? 어떻
게 그럴 수 있어요? 과거는 바로 현재예요, 안 그
래요? 미래이기도 하고. 우리는 그게 아니라고 하
면서 애써 빠져나가려고 하지만 인생은 그걸 용
납하지 않죠. (계속한다.) 다 내 탓이에요. 유진이
죽은 뒤 다시는 아이를 갖지 않겠다고 다짐했는
데. 그 애가 죽은 건 내 탓이었으니까요. 당신이
너무 외롭다고, 보고 싶다고 편지를 보내는 바람
에 친정어머니께 아이를 맡기고 떠난 내 잘못이
었어요. 내가 곁에 있었더라면 홍역 걸린 제이미
가 아기 방에 들어가는 일은 없었을 테니까. (얼굴
이 굳어지며) 제이미는 일부러 들어간 거예요. 아
기한테 샘을 내고 있었으니까. 아기를 미워했으니
까. (타이론이 반박하려고 하자) 알아요, 그때 제이
미 나이가 겨우 일곱 살이었다는 거. 하지만 그
앤 멍청이가 아니었어요. 아기한테 홍역이 옮으면
죽을 수도 있다고 주의를 시켰으니까 다 알고 있
었죠. 그 일이 있은 후로 난 제이미를 용서할 수
가 없어요.

**타이론**  (비통하게) 이제 유진 얘기요? 죽은 애는 편안히

잠들도록 내버려 둘 수 없겠소?

메리 (못 들은 것처럼) 내 잘못이었어요. 유진 곁에 있어야 한다고 우겼어야 했는데 당신을 사랑한다는 이유로 당신의 설득에 못 이겨 달려갔으니까요. 그리고 무엇보다도, 당신이 새로 아이를 가지면 유진을 잊을 수 있다고 아이를 갖자고 우겼을 때 거기 넘어가지 말았어야 했어요. 그때 난 아이를 제대로 키우려면 집에서 낳아야 한다는 걸, 여자는 좋은 엄마가 되려면 집에 있어야 한다는 걸 뼈저리게 느끼고 있었거든요. 그래서 에드먼드를 가진 동안 내내 두려웠어요. 끔찍한 일이 벌어질 걸 알고 있었거든요. 유진을 두고 떠난 걸로 난 다시 아이를 가질 자격이 없는 여자란 걸 증명한 셈이니 다시 아이를 가지면 천벌을 받게 될 거라고 생각했으니까요. 에드먼드를 낳지 말았어야 했어요.

타이론 (불안하게 앞 응접실을 흘낏 보면서) 메리! 말조심해요. 그 애가 들으면 당신이 자기를 원하지 않았던 걸로 오해하겠어. 그러잖아도 몸도 안 좋은 앤데……

메리 (격하게) 말도 안 돼요! 난 그 애를 원했어요! 이세상 무엇보다도! 당신은 몰라요! 그 애가 불쌍해서 한 소리였다고요. 그 앤 단 한번도 행복했던 적이 없어요. 앞으로도 영원히 그럴 거고. 건강하게 살지도 못할 거예요. 그 앤 너무 신경질적이고 예민하게 태어났어요. 내 잘못으로. 그 애가 저렇게 아프니까 자꾸 유진하고 아버지 생각이 나고 두렵고 죄책감이……. (그러다 갑자기 말을 끊더니 완강하게 부인하는 태도로 돌변하여) 아무 이유도 없이 끔찍한 일들을 상상하는 건 어리석은 짓이죠. 감기는 누구나 걸리는 거고, 다 낫는데. (타이론은 아내를 바라보며 어쩔 수 없다는 듯 한숨짓는다. 그러다 앞 응접실 쪽으로 고개를 돌리는데 에드먼드가 계단을 내려오는 모습이 보인다.)

타이론   (작은 소리로 날카롭게) 에드먼드가 왔소. 제발 정신 좀 차려요. 그 애가 나갈 때까지만이라도! 그 애를 위해 그 정도는 해 줄 수 있잖소! (아들을 기다리며 억지로 즐겁고 아버지다운 표정을 만든다. 메리는 겁에 질린 채 기다린다. 다시 공황 상태에 빠져 두 손이 정신없이 옷의 가슴께로 올라갔다가 목으로, 머리로 올라간다. 그러다 에드먼드가 문가에 다다르자 그를 마주 볼 수가 없어 부리나케 왼쪽 창가로 가서 앞 응접실을 등지고 창밖을 내다본다. 에드먼드가 들어선다. 그는 청색 서지 기성복에 빳빳한 칼라와 넥타이를 갖춰 매고 검정 구두를 신었다.)
     (배우다운 열띤 어조로) 야! 아주 말쑥하게 빼입었구나. 나도 지금 갈아입으러 올라가는 참이다. (아들을 지나친다.)

에드먼드   (냉담하게) 잠깐만요, 아버지. 이런 얘기 꺼내긴 싫지만 차비가 없어요. 한 푼도 없거든요.

**타이론** (무심코 습관적인 설교를 시작한다.) 돈의 가치를 모르면 평생 무일푼 신세를 면하지 못……. (가책을 느끼고 자제한다. 병색이 짙은 아들의 얼굴을 바라보며 근심과 연민이 어린 목소리로) 너야 그걸 모르는 애가 아니지. 병이 나기 전까지는 열심히 일했으니까. 아주 훌륭했지. 아버진 네가 자랑스럽다. (바지 주머니에서 작은 돈뭉치를 꺼내 신중하게 한 장을 고른다. 에드먼드, 돈을 받아 흘낏 보고는 놀라는 표정을 짓는다. 타이론, 다시 습관적으로 빈정댄다.) 고맙습니다. (연극 대사를 인용한다.) "독사의 이빨보다 날카로운 것은……"[7]

**에드먼드** "은혜를 모르는 자식을 두는 것." 저도 알아요. 아버지, 말할 기회를 주세요. 놀라서 말문을 잃었어요. 1달러가 아니라 10달러라.

**타이론** (선심 쓴 것이 멋쩍어서) 넣어 둬라. 시내에 나가면 친구들을 만날 텐데 주머니에 돈이 있어야 사람 노릇을 하지.

**에드먼드** 그래서 주신 거예요? 와, 고맙습니다, 아버지. (한순간 진심으로 기쁘고 고맙게 여기다가 불안한 의심의 눈길로 아버지의 얼굴을 응시한다.) 그런데 왜 갑자기……? (냉소적으로) 하디 선생이 저보고 죽을 거

---

7) 셰익스피어의 『리어 왕』 1막 4장 중에서.

래요? (아버지가 몹시 불쾌해하는 걸 보고) 아녜요! 제가 농담이 지나쳤어요. 그냥 농담이었어요, 아버지. (충동적으로 한 팔로 아버지를 다정하게 껴안는다.) 정말 감사해요. 정말이에요, 아버지.

**타이론**  (감동해서 마주 껴안는다.) 고맙긴.

**메리**  (공포와 분노를 이기지 못해 공황 상태에 빠져 그들에게 휙 돌아서며) 난 용납 못해! (발까지 구르며) 알겠니, 에드먼드! 그런 끔찍한 소리를 하다니! 죽을 거라고! 책 때문이야! 맨 슬픔과 죽음 얘기뿐인 책들만 읽어서! 그따위 책들을 읽게 내버려 둔 네 아버지도 잘못이야. 그리고 네가 쓴 시들은 더 심각해! 살고 싶지 않다는 생각이나 하니! 앞날이 창창한 젊은 애가! 책 흉내 내느라 괜히 그러는 거야! 진짜 아픈 게 아니라고!

**타이론**  메리! 그만 해요!

**메리**  (즉시 초연한 목소리로 바뀌며) 하지만 제임스, 저 애가 아무것도 아닌 일로 저렇게 요란을 떨고 우울해하는 게 우습잖아요. (에드먼드 쪽으로 고개를 돌리지만 시선은 피하면서 다정하게 놀린다.) 걱정 마. 엄마가 네 맘 다 아니까. (아들에게로 간다.) 응석 부리고 싶어서 그러지? 모두 너만 떠받들고 위해 줬으면 좋겠지? 아직도 어린애라니까. (아들을 껴안는다. 그래도 에드먼드가 뻣뻣하게 서 있자 목소리가 떨리기 시작한다.) 하지만 너무 그러지는 마라.

끔찍한 소리는 하지 마. 심각하게 받아들이는 내
가 어리석다는 건 알지만 어쩔 수가 없어. 그런 소
리를 들으면, 너무 무서워. (아들의 어깨에 얼굴을
묻고 흐느낀다. 에드먼드, 자신도 모르게 마음이 움직
여 어색하게 어머니의 어깨를 토닥인다.)

에드먼드 울지 마세요, 어머니. (아버지와 눈이 마주친다.)

타이론 (가망 없는 희망을 움켜쥐며, 쉰 목소리로) 아까 어머
니에게 하겠다던 말을 지금 한다면 혹시……. (더
듬거리며 시계를 찾는다.) 아이코, 시간이 벌써 이렇
게 됐네! 서둘러야겠다. (황급히 앞 응접실로 향한
다. 메리, 고개를 든다. 다시 냉정을 되찾아 어머니다운
근심스런 태도를 보인다. 아직 눈에 그렁그렁한 눈물
을 벌써 잊은 듯하다.)

메리 좀 어떠니? (아들의 이마를 짚어 보며) 열이 좀 있지
만 햇볕에 나가서 그런 거야. 아까 아침보다 훨씬
나아 보이는구나. (아들의 손을 잡으며) 이리 와서
앉으렴. 그렇게 오래 서 있으면 안 돼. 기운을 아
낄 줄 알아야지. (아들을 의자에 앉히고 아들이 시
선을 맞추지 못하도록 자신은 그 의자의 팔걸이에 비
스듬히 앉아 아들의 어깨에 팔을 두른다.)

에드먼드 (이제 아주 가망이 없다고 느끼면서도 불쑥 호소를 시
작한다.) 저, 어머니…….

메리 (재빨리 말을 끊는다.) 자, 자! 말하지 마. 뒤로 기대
고 쉬어. (달래듯이) 이 엄마 생각에는 말야, 너 오

늘 그냥 집에서 쉬는 게 낫겠다. 내가 보살펴 줄게. 이렇게 더운 날 지저분한 고물 전차를 타고 시내에 나가는 건 여간 고된 일이 아니거든. 집에서 나랑 같이 있는 게 훨씬 나아.

에드먼드    (기운 없이) 하디 선생하고 약속 있는 거 잊으셨어요? (다시 호소를 시도한다.) 저기요, 어머니.

메리    (재빨리) 전화해서 몸이 안 좋다고 하면 되지. (흥분해서) 가 봐야 돈 낭비, 시간 낭비야. 하디 선생, 거짓말이나 꾸며 댈 테니까. 심각한 병이라고 하겠지. 그래야 밥벌이가 되니까. (냉혹한 비웃음을 흘리며) 멍청한 늙은이! 그가 할 줄 아는 거라곤 근엄한 얼굴로 의지력에 대해 설교하는 것뿐이야!

에드먼드    (어머니와 눈을 맞추려고 애쓰며) 어머니! 제발 제 말 좀 들어 보세요! 부탁할 게 있단 말예요! 이, 이제 시작이에요. 그러니까 지금이라도 끊으실 수 있어요. 어머니는 의지력이 강하시잖아요! 우리 모두 도울게요. 저도 뭐든지 하겠어요! 네, 어머니?

메리    (애원조로 더듬거리며) 제발 그런 말 마……. 네가 몰라서 그래!

에드먼드    (맥이 빠져서) 알았어요, 그만두죠. 소용없을 줄 알았어요.

메리    (이제 완전히 부인한다.) 무슨 소리를 하는 건지 모르겠구나. 하지만 네가 그런 말을 할 자격이 없다는 건 알지. 내가 요양원에서 나오자마자 넌 앓기 시작했어. 요양원 의사가 집에 가면 마음 편하게 안정해야 된다고 했는데 이제까지 네 걱정만 하고 살았어. (그러곤 마음이 심란해져서) 네 핑계를 대는 건 아냐! 설명을 하려다 보니까 그렇게 된 거지. 핑계를 대는 게 아니라고! (아들을 껴안으며, 애원하듯) 약속해 주럼. 엄마가 네 핑계를 댄다고 생각하지 않는다고.

에드먼드 (신랄하게) 그럼 어떻게 생각해요?

메리 (천천히 팔을 거둔다. 다시금 냉담하고 감정이 배제된 태도가 된다.) 그래, 그렇게 생각할 수밖에 없겠구나.

에드먼드 (자신의 태도를 부끄러워하면서도 여전히 가혹하게) 뭘 기대하세요?

메리 아무것도. 네 탓이 아냐. 네가 어떻게 나를 믿을 수 있겠니, 나도 나를 못 믿는데. 난 완전히 거짓말쟁이가 됐어. 예전엔 거짓말이라곤 모르고 살았었는데. 이제 거짓말을 하지 않을 수 없어. 특히 나 자신한테. 네가 어떻게 이해하겠니, 나 자신도 이해를 못하는데. 그 문제에 대해서는 아무것도 모르겠어. 오래전 어느 날 내 영혼이 더 이상 내 것이 아니란 걸 알게 된 걸 빼고는. (잠시 멈춘다. 그러곤 목소리를 낮추어 묘하게 확신에 찬 음성으로 속삭인다.) 하지만 언젠가는 영혼을 되찾을 거야. 언젠가 가족들이 모두 잘되면, 건강하고 행복하고 성공한 네 모습을 보게 되면, 그래서 더 이상 죄책감을 느끼지 않게 되면. 언젠가 성모 마리아께서 나를 용서하시고 수녀원 학교 시절에 가졌던 성모님의 사랑과 연민에 대한 믿음을 되찾게 하시어 다시 그분께 기도를 올릴 수 있게 되면. 성모님께서는 이 세상에 나를 믿어 줄 사람이 단 한 사람도 없어도 나를 믿어 주실 거고, 그분이 도우신다면 쉽게 이겨 낼 수 있을 거야. 나는 고통에 찬 내 비명 소리를 들으면서도 한편으로는 웃고 있을 거야. 자신감이 넘칠 테니까. (에드먼드가 절망하여 침묵을 지키고 있자 슬프게 덧붙인다.) 물론 넌 그것도 믿을 수 없겠지. (의자 팔걸이에서 일어나 오른쪽 창가로 가서 아들에게 등을 돌리고 창밖을 내다보며, 태연하게) 다시 생각해 보니 그냥 시내에 나가는 게 좋겠구나. 나도 드라이브하러 나가야 하는 걸 깜빡 잊었어. 약국에 갈 일이 있거든. 넌 나랑 거기 가고 싶지 않겠지. 창피해서.

에드먼드   (울먹이며) 어머니! 그러지 마세요!

메리   아버지가 주신 10달러를 형이랑 나누어 갖겠지. 너희들은 항상 그렇게 나누니까, 안 그래? 착하게도 말야. 네 형이 그 돈으로 뭘 할지 난 안다. 제취향에 맞는 여자들과 어울려 술이나 퍼마시겠지. (아들을 향해 돌아서며 겁에 질려 애원한다.) 에드먼드! 넌 안 마신다고 약속해! 너무 위험해! 하디선생도 그런 말을…….

에드먼드   (신랄하게) 그 멍청한 늙은이가 하는 말 신경 안 써요.

**메리**    (비참하게) 에드먼드! (현관에서 제이미의 목소리가
들려온다.) "야, 꼬맹아, 빨리 가자." (메리, 즉시 초연
한 태도로 돌아가며) 가라, 에드먼드. 형이 기다리
잖니. (앞 응접실을 향해 간다.) 아버지도 내려오시
는구나. (타이론이 부르는 소리가 들린다.) "가자, 에
드먼드."

**메리**    (아들에게 초연하게 키스한다.) 잘 다녀와라. 집에서
저녁 먹으려거든 늦지 않도록 해. 아버지한테도
그렇게 말씀드리고. 너도 브리지트 성질 알잖니.
(에드먼드, 서둘러 나간다. 타이론이 현관에서 외친다.
"다녀오겠소, 메리." 제이미도 외친다. "다녀올게요, 어
머니." 메리, 대답한다.) 다녀들 와요. (그들이 나가고
현관문 닫히는 소리가 들린다. 그녀는 탁자 옆에 와서
서서 한 손으로는 테이블을 두드리고 한 손으로는 머
리를 매만진다. 겁에 질린 고독한 눈으로 실내를 둘러
보며 중얼거린다.) 여긴 너무 쓸쓸해. (지독한 자기
경멸로 얼굴이 굳어진다.) 또 자신에게 거짓말을 하
는구나. 사실은 혼자 있고 싶었으면서. 저들이 보
이는 경멸과 혐오감 때문에 함께 있는 게 싫었으
면서. 저들이 나가서 기쁘면서. (절망적인 웃음을
흘린다.) 성모님, 그런데 왜 이렇게 쓸쓸한 거죠?

막

3막

# 3막

같은 장소. 저녁 6시 30분경. 거실이 어둑어둑해져 가고 있다. 벌써 집 안이 어두워진 것은 만(灣)에서 올라온 안개가 창밖에 흰 커튼처럼 드리워져 있기 때문이다. 항구 입구 저편의 등대에서 새끼 낳는 고래의 처량한 신음과도 같은 무적 소리가 규칙적으로 들려오고, 항구에서는 정박 중인 배들의 경보종이 간헐적으로 울린다.

2막 점심 식사 전 장면에서처럼 탁자 위에 위스키 병과 잔들, 얼음물 주전자가 놓인 쟁반이 있다.

메리와 하녀 캐슬린이 보인다. 캐슬린은 탁자 왼쪽에 서 있다. 그녀는 빈 위스키 잔을 손에 들고 있지만 자기가 그걸 들고 있다는 것조차 잊은 듯한 모습이다. 기분 좋게 취해서 멍청하고 쾌활한 얼굴에 바보 같은 웃음을 짓고 있다.

메리는 아까보다 더 창백해졌고 눈이 이상할 정도로 반짝인다. 묘하게 초연한 태도도 더 심해졌다. 그녀는 자기 속으로 더욱 깊숙이 숨어 들어가 꿈속에서 도피처를 찾고 해방되었다. 그 속에서 현실이란 그저 무감각하게—심지어 아주 냉소적으로—물리치거나 아니면 완전히 무시해 버릴 수 있는 하나의 현상에 지나지 않는다. 이따금 그녀는 본인도 자각하지 못하는 사이에 다시금 수녀원 학교 시절의 순진하고 행복하고 재잘대는 여학생으로 돌아간 듯 섬뜩하도록 쾌활하고 자유로운 젊음이 넘치는 태도를 보인다. 그녀는 시내로 드라이브하러 나가기 위해 갈아입은 옷을 그대로 입고 있는데, 단정치 못하게 아무렇게나 입지만 않았더라면 아주 잘 어울렸을, 심플하면서도 꽤 비싼 옷이다. 머리는 이제 아까처럼 단정하지 못하다. 약간 헝클어지고 균형을 잃은 모습이다. 그녀는 하녀 캐슬린이 마치 오랜 지기(知己)나 되는 것처럼 터놓고 이야기한다. 막이 오르면, 메리는 방충문 옆에 서서 밖을 내다보고 있다. 무적이 신음 소리처럼 울린다.

메리　(흥겨운 상태에서 소녀처럼) 저 무적 소리! 끔찍하지 않니, 캐슬린?

캐슬린　(평소보다 더 허물없이 굴지만 일부러 무례하게 구는 건 절대 아니다. 안주인을 진심으로 좋아하기 때문이다.) 그러게요, 마님. 꼭 밴시[8] 같아요.

메리 (못 들은 것처럼 계속 말한다. 이어지는 모든 대화에서 그녀가 캐슬린을 대화 상대로보다는 그저 말을 계속할 수 있는 구실로 데리고 있다는 인상이 풍긴다.) 오늘 밤은 상관없어. 어젯밤엔 저 소리 때문에 미칠 뻔했지. 더 이상 견딜 수 없을 때까지 잠도 못 자고 걱정만 하고 있었다니까.

캐슬린 제기랄! 아까 시내에서 올 때 겁나서 죽을 뻔했어요. 못생긴 원숭이 스마이드가 차를 도랑에 처박거나 나무에 들이박는 줄 알았다니까요. 안개 때문에 코앞에 있는 것도 안 보였으니까. 마님, 저도 뒷자리에 타게 해 주셔서 고마워요. 그 원숭이랑 앞자리에 탔더라면 그 인간, 그 더러운 손을 가만히 두지 않았을 거예요. 조금만 틈을 주면 다리를 꼬집질 않나, 거기를 더듬지 않나……. 죄송해요, 마님, 하지만 사실인걸요.

메리 (꿈꾸듯) 난 안개가 싫은 게 아니야, 캐슬린. 안개는 좋아.

캐슬린 안개가 혈색에 좋다면서요.

메리 안개는 우리를 세상으로부터 가려 주고 세상을 우리로부터 가려 주지. 그래서 안개가 끼면 모든 게 변한 것 같고 예전 그대로인 건 아무것도 없는

---

8) 통곡으로 가족의 죽음을 예고한다는 요정.

것처럼 느껴지는 거야. 아무도 우리를 찾아내거
나 손을 대지 못하지.

캐슬린　스마이드가 진짜 제복 입은 운전사들처럼 멋진
미남자라면 또 몰라요. 그러니까, 장난으로 그런
거라면요, 왜냐하면 전 정숙한 여자니까요. 그런
데 쭈글쭈글한 난쟁이 주제에……! 그래서 제가
그랬죠. 내가 너 같은 원숭이를 상대할 정도로 궁
한 줄 아느냐고. 그 인간한테 경고했어요. 그러다
가 나한테 오지게 한 방 맞고 일주일쯤 뻗어 있게
될 거라고. 진짜 그럴 거예요!

메리　내가 싫어하는 건 무적 소리야. 저 소리는 사람을
가만 놔두지 않거든. 자꾸 옛날 일들을 들쑤시고
무서운 생각이 들게 만들어. (야릇한 미소를 지으
며) 하지만 오늘은 안 될걸. 그냥 듣기 싫은 소리
일 뿐, 아무것도 생각나게 하지 못할 거야. (소녀처
럼 장난스럽게 웃으며) 그이 코 고는 소리는 예외일
수도 있지. 코 고는 걸 갖고 그이를 놀리는 건 정
말 재미있어. 언제부터 코를 골기 시작했는지 기
억도 안 날 정도야. 특히 과음했을 땐 더 심하지.
그런데도 어린애처럼 한사코 자기는 코를 안 곤다
는 거야. (탁자로 가면서 웃는다.) 하기야 나도 가끔
코를 고는 것 같지만 인정하고 싶지는 않아. 그러
니 그이를 놀릴 자격이 없는 거야, 안 그래? (탁자
오른쪽의 흔들의자에 앉는다.)

캐슬린   아, 그럼요. 건강한 사람은 다 코를 골지요. 그게
       제정신이라는 표시래요. (그러곤 걱정스럽게) 지금
       몇 시쯤 됐어요, 마님? 부엌에 가 봐야겠어요. 브
       리지트가 날씨만 궂으면 관절염이 도져서 보통 성
       질을 부리는 게 아녜요. 가면 시비부터 걸 거예
       요. (술잔을 탁자에 내려놓고 뒤쪽 응접실을 향해 움
       직인다.)

메리    (순간적으로 두려움에 휩싸여) 아냐, 가지 마, 캐슬
       린. 아직 혼자 있고 싶지 않아.

캐슬린   조금만 있으면 될 거예요. 주인님하고 도련님들이
       금방 오실 테니까요.

메리    저녁 먹으러 안 올지도 몰라. 집보다 편하게 여기
       는 술집에 눌러앉아 있을 좋은 핑곗거리가 생겼
       으니까. (캐슬린, 무슨 소린지 몰라 멍청하게 쳐다본
       다. 메리는 미소 지으며 말을 잇는다.) 브리지트 걱정
       은 마. 내가 못 가게 했다고 말해 줄 테니까. 그리
       고 이따 갈 때 위스키 한 잔 가득 갖다주면 아무
       말 안 할 거야.

캐슬린   (히죽 웃더니 다시 마음 놓고) 그럼요, 마님. 그것만
       있으면 기분이 좋아지죠. 술을 좋아하니까.

메리    너도 한 잔 더 하고 싶으면 해.

캐슬린   더 마셔도 되는지 모르겠네요, 마님. 벌써 술기운
       이 도는데. (술병으로 손을 뻗으며) 뭐, 한 잔 더 한
       다고 어떻게 되겠어요. (술을 따른다.) 마님의 건강

을 위하여. (독한 술을 마신 뒤에 먹는 물 같은 건 챙기지도 않고 마신다.)

메리    (꿈꾸듯) 나도 옛날엔 아주 건강했었지. 하지만 오래전 일이야.

캐슬린    (다시 걱정이 되어) 주인님이 보시면 술이 줄어든 걸 아실 거예요. 눈이 얼마나 날카로우신데.

메리    (재미있어하며) 그럼 제이미의 속임수를 쓰지 뭐. 물 몇 잔 따라서 부으면 돼.

캐슬린    (시키는 대로 하면서 바보같이 킬킬거린다.) 어쩌면 좋아, 물 반 술 반이야. 맛을 보시면 금방 아실 거예요.

메리    (무관심하게) 아냐. 집에 들어올 때쯤엔 너무 취해서 맛도 모를 거야. 술로 슬픔을 달랠 아주 좋은 핑계가 생겼으니까.

캐슬린    (철학적으로) 그건 진짜 사나이들의 약점이죠. 저는 입에 술 한 방울 안 대는 남자는 싫어요. 그런 남자들은 패기가 없거든요. (그러곤 멍청하게) 좋은 핑계요? 에드먼드 도련님 말씀이세요, 마님? 주인님이 도련님 때문에 걱정하시는 것 같더라고요.

메리    (방어적으로 굳어진다. 그러나 묘하게도 그런 반응은 진짜 감정에까지는 파고들지 못한 듯 다분히 기계적이다.) 바보 소리 마, 캐슬린. 걱정할 게 뭐가 있어? 감기 기운 있는 게 무슨 대수로운 일이라고. 그리고 그이는 돈하고 땅하고 늙어서 가난해지면 어쩌나 하는 걱정밖에는 아무 걱정도 안 하는 사람이야. 심각하게는 말야. 그 세 가지밖에는 모르니까. (초연하게 애정 어린 태도로 재미있어하며 조그맣게 웃는다.) 내 남편은 아주 별난 사람이지.

캐슬린 (멍한 상태에서 화가 나서) 그래도 우리 주인님은 멋지고 미남이시고 친절한 신사세요. 마님, 단점 같은 건 신경 쓰지 마세요.

메리 신경 안 써. 난 삼십육 년 동안이나 그이를 끔찍이 사랑해 왔어. 그것만 봐도 그이가 사실은 좋은 사람인데 어쩔 수 없이 이렇게 되고 말았다는 걸 내가 알고 있다는 증거가 되지, 안 그래?

캐슬린 (몽롱한 중에도 안심하며) 그럼요, 마님. 주인님을 끔찍이 사랑하셔야 해요. 주인님이 마님을 열렬히 사랑하신다는 건 바보라도 알 수 있으니까요. (두 잔째 들어간 술의 취기와 싸우며 맑은 정신으로 대화하려고 애쓴다.) 연극 말인데요, 마님, 왜 무대에 서지 않으셨어요?

메리 (화를 내며) 나 말야? 왜 그런 말도 안 되는 생각을 하니? 나는 좋은 집안에서 자랐고 중서부 최고의 수녀원 학교에 다녔어. 그이를 만나기 전에는 극장이라는 게 있는지도 몰랐다고. 난 신앙심이 깊었지. 수녀가 되고 싶은 꿈도 있었으니까. 난 배우가 되고 싶은 생각은 해 본 적도 없다.

캐슬린  (퉁명스럽게) 마님이 수녀님이 된다는 건 상상도 안 되네요. 사실 말이지, 마님은 교회에도 안 나 가시잖아요.

메리  (싹 무시하고) 극장에서는 마음이 편했던 적이 없 어. 그이는 순회공연을 떠날 때마다 나를 데리고 다녔지만 난 극단 사람들이나 배우들과 친해질 수가 없었지. 그 사람들이 싫어서 그런 건 아니었 어. 그 사람들은 항상 나한테 친절했고 나도 그랬 지. 그런데도 그 사람들과 같이 있는 게 편치를 않았어. 서로 생활이 달랐으니까. 그게 그들과 나 사이의 벽이 되어서……. (갑자기 일어서며) 다 지 나간 옛날 얘기는 하지 말자. (현관문으로 가서 밖 을 내다본다.) 안개가 얼마나 자욱한지 길이 안 보 이는군. 세상 사람들이 전부 지나가도 모르겠어. 항상 이랬으면 좋겠다. 벌써 어두워지고 있어. 곧 밤이 될 거야. 다행히도. (돌아서며 몽롱하게) 캐슬 린, 오늘 같이 나가 줘서 고맙다. 혼자 나갔더라 면 쓸쓸했을 거야.

캐슬린  뭘요. 저도 여기서 브리지트네 친척 자랑이나 듣 고 있느니 좋은 차 타고 시내에 나가는 게 낫죠. 꼭 휴가 같았어요, 마님. (잠시 말을 끊더니, 멍청하 게) 마음에 안 든 게 하나 있긴 했지만.

메리  (멍하니) 그게 뭔데, 캐슬린?

캐슬린  마님 약 사러 갔을 때 약사의 태도 말예요. (분개하며) 건방지게!

**메리** (계속 멍하니) 무슨 소릴 하는 거니? 무슨 약국? 무슨 약? (그러다 캐슬린이 놀라서 멍청하게 쳐다보자 황급히) 아, 그거. 깜빡했어. 손 관절염 때문에 쓰는 약. 약사가 뭐라고 했는데? (그러더니 무관심하게) 뭐라고 했든 상관없지. 처방대로 약만 지어 줬다면.

**캐슬린** 저한텐 상관있어요! 전 도둑 취급받는 것에 익숙하지 않다고요. 글쎄 저를 한참 뚫어지게 보더니 기분 나쁘게 이러는 거예요. "이 처방전 어디서 났지?" 그래서 제가 그랬죠. "어디서 났든 자기가 무슨 상관이람. 그렇게 궁금하다면 가르쳐 주죠. 저기 차 안에 앉아 계시는 우리 마님 타이론 부인 거예요." 그랬더니 아무 말 못하더라고요. 마님을 내다보고, "아 그래." 하더니 약을 지으러 가더라고요.

**메리** (멍하니) 그 사람 나를 알지. (탁자 오른쪽 뒤편의 안락의자에 앉는다. 차분하고 초연한 음성으로 덧붙인다.) 그 약을 써야 견딜 수가 있거든. 손 아픈 거 말야. (두 손을 들더니 우울한 연민의 눈빛으로 바라본다. 이제 그녀의 손은 떨리지 않는다.) 가엾은 내 손! 넌 못 믿겠지만 예전엔 이 손이 내 매력 가운데 하나였지. 머리카락이랑 눈이랑 함께. 몸매도 예뻤고. (점점 더 현실에서 아득히 멀어진 꿈꾸는 듯

한 목소리가 되며) 음악가의 손이었지. 난 피아노를 좋아했거든. 수녀원 학교에 다닐 때 음악을 얼마나 열심히 했는지…… 워낙 좋아해서 힘든 줄도 몰랐지. 엘리자베스 원장 수녀님과 음악 선생님 모두 나같이 재능이 뛰어난 학생은 처음 본다고 하셨지. 아버진 특별 레슨을 받도록 해 주셨고. 나를 워낙 사랑하셨거든. 내가 원하는 거라면 다 들어주셨지. 수녀원 학교를 졸업하면 유럽 유학까지도 보내 주려고 하셨어. 그이와 사랑에 빠지지 않았더라면 유학을 갔을지도 몰라. 아니면 수녀가 됐거나. 난 꿈이 두 가지였거든. 그중에서도 수녀가 되는 게 더 아름다운 꿈이었어. 다른 꿈은 피아니스트가 되는 거였고. (말을 끊고 손을 뚫어지게 본다. 캐슬린은 졸음과 취기를 물리치려고 눈을 끔뻑거린다.) 오랫동안 피아노에 손도 안 댔어. 병신 손이 돼서 치고 싶어도 못 쳤겠지. 결혼하고 얼마 동안은 계속 음악을 하려고 했었지. 하지만 가망이 없었어. 순회공연에, 싸구려 호텔에, 구질구질한 기차에, 집도 없이 아이들도 내팽개치고…… (혐오감에 넋을 잃고 손을 바라보며) 봐, 캐슬린, 얼마나 흉한지! 완전히 병신 손이 됐어! 누가 보면 끔찍한 사고라도 당한 줄 알 거야! (야릇한 웃음소리를 내며) 사고라면 사고지. (갑자기 등 뒤로 손을 감춘다.) 보지 말아야지. 무적 소리보다 이 손이 더 옛날 기억을……. (그러더니 반항적으로 자신감에 차서) 하지만 이젠 손도 나를 괴롭힐 수 없지. (등 뒤에서 손을 빼서 찬찬히 뜯어보며 차분하게) 이렇게 눈에 보이긴 해도 저 멀리 있으니까. 이제 아프지 않거든.

**캐슬린** (멍청하게 어리둥절해서) 약 드셨어요? 그러니까 마님도 재미있으시네요. 약 드신 거 몰랐다면 한잔하신 줄 알았겠어요.

**메리** (꿈꾸듯) 약을 쓰면 통증이 가시니까. 통증이 미치지 않는 과거로 떠나는 거지. 행복했던 과거만이 있는 곳으로. (사이를 두고—자신의 말이 행복을 환기시키기라도 한 듯 태도와 얼굴 표정이 변한다. 그러자 더 젊어 보인다. 순진한 여학생의 모습을 풍기면서 수줍게 미소 짓는다.) 캐슬린, 지금 네 눈에 그이가 미남으로 보인다면 우리가 처음 만났을 때의 모습은 어땠겠니. 그이는 나라에서 손꼽히는 미남자였지. 수녀원 여학교 학생들도 그이가 무대에 선 모습을 보거나 그이 사진을 보곤 열광을 했었지. 너도 알다시피 그이는 그 당시에 미남 스타였으니까. 그이를 보려고 여자들이 분장실 문 앞에서 떼를 지어 기다리곤 했었지. 우리 아버지가 제임스 타이론과 친한 사이가 되었다며 부활절 방학 때 집에 오면 그를 만나게 해 주겠다고 편지를 보내셨을 때 내가 얼마나 흥분했겠는지 상상이 되지. 친구들에게 편지를 다 돌리면서 자랑했지. 얼마나들 부러워하던지! 아버진 그의 공연에 먼저 데려가셨어. 프랑스 혁명에 관한 연극이었는데 주인공이 귀족이었지. 난 그 사람한테서 눈을 뗄 수가 없었어. 그 사람이 감옥에 갇힐 땐 울기까지 했지. 그러다 눈하고 코가 빨개졌을까 봐 속상해서 혼났지. 연극이 끝나면 분장실로 그 사람을 만나러 갈 거라고 아버지가 미리 말씀하셨었거든. 우린 분장실로 갔지. (흥분된 수줍은 웃음소리를 내고는) 난 너무 수줍어서 말도 잘 못하고 바보처럼 얼굴만 붉혔지. 하지만 그 사람은 날 바보로 보진 않았던 모양이야. 처음 소개받은 순간부터 그이가 날 좋아한다는 걸 알았지. (교태를 떨며) 아마 내 눈이랑 코가 빨개지지 않았나 봐. 캐슬린, 나 그때 진짜로 참 예뻤다. 그리고 그이도 내가 상상했던 어떤 모습보다도 멋졌지. 분장이랑 귀족 의상이랑 어쩜 그렇게 잘 어울리는지. 그인 다른 세상에서 온 사람처럼 보통 사람들과는 달랐어. 그러면서도 소박하고 친절하고 겸손할 뿐 거만하다거나 허영기라곤 조금도 없었지. 난 그 자리에서 사랑에 빠졌어. 나중에 그이 말이 자기도 그랬다더구나. 난 수녀나 피아니스트가 되고 싶은 생각은 까맣게 잊었지. 그의 아내가 되고 싶은 마음밖에 없었어. (잠시 말을 끊고 부자연스러울 정도로 반

짝이는 꿈꾸는 듯한 눈으로 앞을 응시하면서 황홀해하는, 애정이 깃든 소녀 같은 미소를 짓는다.) 삼십육 년이나 지났는데도 오늘 일처럼 또렷이 기억나! 그 뒤로 우린 서로 사랑해 왔지. 그리고 그 삼십육 년 내내 그이는 스캔들 비슷한 것도 일으키지 않았어. 다른 여자하고 말야. 날 만난 뒤로는. 캐슬린, 그래서 난 정말 행복했단다. 그 덕에 다른 것들은 다 용서할 수 있었지.

**캐슬린** (취기에서 오는 졸음과 싸우며 감상적으로) 주인님은 멋진 신사이시고 마님은 복이 많은 분이세요. (그러곤 안절부절못하며) 마님, 브리지트에게 술을 가져다줘도 괜찮지요? 저녁 시간이 다 됐을 텐데 부엌에 가서 도와야죠. 화 풀릴 걸 갖다줘야지 안 그러면 칼 들고 쫓아올 거예요.

**메리** (꿈에서 현실로 돌아오게 한 것에 대해 멍한 상태에서도 격분해서) 그래, 그래, 가. 이제 필요 없으니까.

**캐슬린** (안도하며) 고마워요, 마님. (술을 한 잔 가득 따라 들고 뒤쪽 응접실로 향한다.) 조금만 기다리세요. 주인님과 도련님들이…….

**메리** (조바심을 내며) 아니, 아니, 안 올 거야. 브리지트한테 기다리지 않을 거라고 전해. 6시 30분만 되면 저녁 차려. 난 배는 안 고프지만 식탁에는 앉을 거야. 빨리 먹고 치워야지.

**캐슬린** 마님, 뭐라도 좀 드셔야죠. 입맛을 떨어뜨리다니 이상한 약이네요.

**메리**  (다시 꿈결에 빠져들어 기계적인 반응을 보이며) 약이
라니? 무슨 소린지 모르겠구나. (내보내려고) 얼른
술 갖다줘야지.

**캐슬린**  예, 마님. (뒤쪽 응접실을 통해 사라진다. 메리는 부
엌 문 닫히는 소리가 들릴 때까지 기다렸다가 다시 느
긋하게 꿈에 젖어서 허공을 응시한다. 팔은 의자 팔걸
이에 힘없이 걸쳐 있고 울퉁불퉁하고 뒤틀린 길고 섬
세한 손가락들은 아무 동요 없이 축 늘어져 있다. 실
내가 점점 어두워진다. 잠시 죽음 같은 침묵이 깔린
다. 바깥 세상에서 구슬픈 무적 소리가 들려오더니 이
어 항구에 닻을 내린 배들이 일제히 울리는 종소리가
안개 때문에 약해져서 들려온다. 메리의 얼굴에는 그
소리를 들은 표시가 나타나지 않지만 손이 경련을 일
으키더니 손가락들이 잠시 저절로 허공에서 움직인다.
그녀는 파리 한 마리가 마음속으로 걸어 들어오기라
도 한 듯 미간을 찡그리며 기계적으로 머리를 흔든다.
그러자 갑자기 소녀다운 모습은 사라지고 냉소적인 슬
픔에 잠긴 비참한 늙은 여자가 된다.)

**메리**  (신랄하게) 감상적인 바보 같으니. 낭만에 빠진 어
리석은 여학생과 미남 배우의 첫 만남이 뭐가 그
렇게 대단해? 넌 그를 만나기 전에 수녀원에서 성
모님께 기도하며 살 때가 훨씬 더 행복했어. (동경
에 젖어) 잃었던 신앙심을 되찾을 수만 있다면, 그

러면 다시 기도할 수 있을 텐데! (사이를 두고─단
조롭고 공허한 음성으로 성모송(聖母誦)을 외기 시작
한다.) "은총 가득하신 마리아님, 기뻐하소서! 주
님께서 함께 계시니 여인 중에 복되시며……." (냉
소적으로) 성모님께서 거짓말이나 하는 마약쟁이
의 기도에 속으실 것 같아? 넌 그분의 눈을 못 속
여! (벌떡 일어난다. 위로 올라간 손이 정신없이 머리
를 매만진다.) 2층에 가야겠어. 약을 더 해야겠어.
끊었다가 다시 시작하면 정확한 양을 알 수가 없
거든. (앞 응접실로 향한다. 앞뜰에서 사람들 목소리
가 들려오자 문간에서 멈춘다. 움찔해서는) 이 소리
는 분명……. (황급히 돌아와 앉는다. 잔뜩 방어하
는 표정이 되며 화를 낸다.) 왜 벌써 오는 거야? 오
고 싶지도 않으면 서. 나도 혼자 있는 게 훨씬 나
은데. (갑자기 태도가 싹 바뀐다. 애절할 정도로 안도
하면서 열성적이 된다.) 아, 가족들이 와 줘서 얼마
나 기쁜지 몰라! 너무 쓸쓸했었는데! (현관문 닫히
는 소리가 들리고 타이론이 현관에서 불안한 목소리
로 부른다.)

타이론   거기 있소, 메리? (현관의 불이 켜지고 그 빛이 앞 응
접실을 거쳐 메리에게 떨어진다.)

메리   (사랑스럽게 활짝 핀 얼굴로 의자에서 일어선다. 흥분
해서 열띤 목소리로) 저 여기 있어요, 여보. 거실에
요. 당신을 기다리고 있었어요. (타이론이 앞 응접

실을 통해 들어온다. 에드먼드가 뒤를 따른다. 타이론
은 술을 많이 마셨지만 눈이 좀 풀린 것과 약간 혀 꼬
부라진 말을 하는 걸 빼고는 취한 것처럼 보이지 않는
다. 에드먼드도 꽤 여러 잔 마셨지만 겉으로 표시가 나
지 않고, 다만 움푹 파인 뺨이 붉어졌고 눈이 열에 들
뜬 것처럼 반짝거릴 뿐이다. 그들은 문간에 멈춰 서
서 메리를 관찰한다. 그리고 자신들이 예상했던 최악
의 결과를 본다. 그러나 메리는 잠시 그들의 비난 어린
눈길을 의식하지 못한다. 그녀는 남편과 아들에게 차
례로 키스한다. 그런 그녀의 태도는 부자연스러울 정
도로 감정이 넘쳐흐른다. 타이론과 에드먼드는 움츠러
들며 키스를 받는다. 메리가 흥분해서 말한다.) 와 줘
서 정말 기뻐요. 포기하고 있었는데. 안 올 줄 알
았거든요. 안개도 끼고 정말이지 음산한 저녁이
에요. 시내 술집에 있는 게 훨씬 즐거울 텐데. 사
람들하고 얘기도 하고 농담도 나누고. 아, 부인할
거 없어요. 당신 기분 잘 아니까. 난 당신 원망 조
금도 안 해요. 이렇게 집에 와 준 것만 해도 얼마
나 고마운데. 나 혼자 너무나 쓸쓸하고 우울하게
여기 앉아 있었어요. 와서 앉아요. (그녀는 탁자 왼
쪽 뒤편에, 에드먼드는 왼쪽에, 타이론은 오른쪽 흔들
의자에 앉는다.) 저녁은 조금 있어야 돼요. 사실 좀
이르게 오셨거든요. 해가 서쪽에서 뜨겠네요. 여
기 위스키 있어요, 여보. 한잔 따라 드릴까요? (대

답도 기다리지 않고 술을 따른다.) 에드먼드 넌? 너
한텐 권하고 싶지 않지만 식사 전에 입맛 돌게 한
잔하는 것쯤이야 괜찮지. (에드먼드에게도 한 잔 따
라 준다. 타이론과 에드먼드는 술잔을 들 생각도 않는
다. 메리는 그들의 침묵을 의식하지 못한 듯 계속 떠든
다.) 제이미는 어딨지? 하기야 그 앤 술값이 다 떨
어지기 전엔 절대 안 들어오지. (남편의 손을 꼭 쥐
며, 슬프게) 제이미가 너무 오래 우리한테서 멀어
져 있는 것 같아요. (표정이 굳어지며) 하지만 걔가
에드먼드까지 타락시키도록 내버려 둬선 안 돼요.
그 앤 에드먼드가 항상 귀여움을 독차지하니까
샘을 내는 거예요. 유진에게 그랬던 자기처럼. 그
앤 에드먼드까지 자기처럼 인생 낙오자로 만들어
야 직성이 풀릴 거예요.

**에드먼드**  (비참하게) 그만 하세요, 어머니.

**타이론**  (기운 없이) 그래, 메리. 지금은 말을 적게 할수
록……. (그러곤 에드먼드에게, 좀 혀 꼬부라진 소리
로) 그래도 네 어머니 말이 틀린 건 아냐. 네 형을
조심해라. 그 냉소적인 뱀의 혀로 네 인생을 망쳐
놓기 전에!

**에드먼드**  (아까처럼) 아버지, 그런 소리 마세요.

**메리**  지금의 제이미를 보면 우리 아기가 저렇게 변했다
는 게 믿어지지 않아요. 그 애가 얼마나 건강하고
행복한 아기였는지 기억나요, 제임스? 순회공연

에, 지저분한 기차에, 싸구려 호텔을 전전하고 저질 음식을 먹으면서도 보채거나 앓아 본 적이 없었어요. 항상 웃는 얼굴이었고 거의 운 적이 없었죠. 유진도 제 형처럼 그렇게 행복하고 건강했어요. 이 어미가 제대로 돌보지 않아 세상을 떠나기 전까지 이 년 동안은.

**타이론** 제발! 집에 온 내가 잘못이지!

**에드먼드** 아버지! 그만요!

**메리** (에드먼드에게 초연히 애정 어린 미소를 보내며) 어려서 까다로웠던 건 에드먼드지. 아무것도 아닌 일로 늘 신경을 곤두세우고 겁을 먹었거든. (아들의 손을 토닥이며 놀리듯) 얘야, 다들 너보고 모자만 떨어져도 운다고 했단다.

**에드먼드** (더 이상 참지 못하고 신랄하게) 웃지 말아야 할 이유가 있다고 여겼던 모양이죠.

**타이론** (나무라면서도 측은히 여기며) 자, 자, 에드먼드. 신경 쓰지 말고…….

**메리** (못 들은 것처럼 다시 슬프게) 제이미가 이렇게 부모 망신을 시키게 될 줄 누가 알았겠어요. 당신도 기억나죠, 제임스. 걔가 기숙학교에 들어가서 몇 년 동안은 얼마나 성적이 좋았어요. 모두들 걜 좋아했죠. 선생님들이 다 걔가 머리가 아주 비상해서 공부를 잘한다고 칭찬했잖아요. 걔가 술을 마시기 시작해서 퇴학당할 때도 참 뛰어나고 마음

에 드는 학생인데 정말 안됐다고 편지를 보냈잖아
요. 걔가 인생을 진지하게 받아들이는 법만 배우
면 멋지게 성공할 거라고 하면서요. (잠시 말을 끊
었다가 초연함 속에서도 묘하게 슬픈 목소리로 덧붙인
다.) 정말 안타까워요. 불쌍한 제이미! 정말 이해
하기 어려운……. (갑자기 태도가 싹 바뀐다. 얼굴이
굳어지며 비난 어린 적의의 눈으로 남편을 노려본다.)
아니, 그게 아녜요. 당신이 걜 술꾼으로 키운 거
예요. 걘 처음 눈을 뜨면서부터 당신이 술을 마시
는 모습을 보고 자랐으니까. 싸구려 호텔 방 경대
위에 항상 술병이 놓여 있었죠! 그리고 걔가 어렸
을 적에 악몽을 꾸거나 배가 아프다고 하면 당신
은 위스키를 찻숟갈로 떠먹였어요.

**타이론** (찔려서) 그래서 그 덩치만 컸지 게을러빠진 녀석
이 주정뱅이 건달이 된 게 내 탓이란 말이오? 집
에 들어왔더니 기껏 한다는 소리가 그거야? 이럴
줄 알았어야 했는데! 당신은 그 독만 들어가면 자
기는 쏙 빼고 남 탓만 하지!

**에드먼드** 아버지! 저보고는 신경 쓰지 말라면서요. (그러곤
화를 내며) 어쨌거나 어머니 말이 틀린 건 아니잖
아요. 아버진 저한테도 그러셨어요. 악몽을 꾸고
일어나면 항상 찻숟갈로 술을 먹였잖아요.

**메리** (초연히 회상에 잠긴 목소리로) 그래, 넌 어릴 때 계
속 악몽을 꿨지. 넌 타고난 겁쟁이야. 엄마가 널

낳는 걸 너무 두려워해서 그래. (사이를 두고—여전히 초연한 음성으로) 에드먼드, 네 아버지를 원망하는 게 아냐. 아버진 잘 모르셨거든. 열 살이 넘어서는 학교에도 못 다녔으니까. 아버지 가족들은 가난에 찌든 무지한 아일랜드 사람들이었지. 그래서 아프거나 놀란 아이에겐 위스키가 제일 좋은 약이라고 철석같이 믿었을 거야. (타이론이 부아가 나서 자기 가족을 변호하려는 찰나 에드먼드가 끼어든다.)

에드먼드　(날카로운 목소리로) 아버지! (화제를 돌리며) 이 술 드실래요, 말래요?

타이론　(자제하며, 기운 없이) 네 말이 맞다. 상대하는 내가 바보지. (맥없이 술잔을 들며) 쭉 들이켜라. (에드먼드는 마시지만 타이론은 손에 든 잔을 바라보고만 있다. 에드먼드는 위스키에 물을 얼마나 많이 탔는지 즉시 알아챈다. 얼굴을 찌푸리고 술병을 흘낏 봤다가 어머니를 본다. 무슨 말인가 하려다가 그만둔다.)

메리　(달라진 목소리로, 뉘우치며) 원망하는 소리로 들렸다면 미안해요, 제임스. 원망하는 거 아녜요. 다 옛날 옛적 일인걸요. 당신이 집에 들어오지 말걸 그랬다는 소리를 했을 때 좀 기분이 상했어요. 당신이 와서 정말 기쁘고 안심이 됐거든요. 고맙고. 밤은 오는데 안개 속에서 혼자 있으려니까 너무 쓸쓸하고 슬퍼서요.

타이론　(감동해서) 당신이 이상하게 행동하지만 않는다면 나야 집에 온 게 좋지.

메리　너무 외로워서 말동무나 하려고 캐슬린을 잡고 있었어요. (다시금 수줍은 여학생의 모습으로 돌아가서) 여보, 캐슬린한테 무슨 얘기를 했는지 알아요? 아버지랑 당신 분장실로 찾아가서 첫눈에 당신과 사랑에 빠진 얘기요. 당신, 기억나요?

타이론　(깊은 감동을 받아, 쉰 목소리로) 내가 그걸 잊을 수 있겠소, 메리? (에드먼드, 슬프고 당혹스러워서 그들을 외면한다.)

메리　(부드럽게) 그래요. 당신이 여전히 날 사랑하고 있다는 거 알아요. 그 모든 일들에도 불구하고.

타이론　(얼굴이 실룩거리며 눈물을 참으려고 눈을 끔뻑인다. 조용하면서도 격렬하게) 그래! 그건 틀림없는 사실이지! 당신을 언제나, 영원히 사랑하오, 메리!

메리　나도 당신을 사랑해요. 그 모든 일들에도 불구하고. (잠시 사이. 에드먼드가 무안해서 몸을 움직인다. 메리는 다시 초연한 태도가 되어 마치 멀리 있는 사람들에게 남의 얘기를 하듯 말한다.) 하지만 이건 고백해야겠어요. 당신을 사랑하지 않을 수 없었지만 당신이 그렇게 술을 많이 마시는 줄 알았다면 절대로 당신하고 결혼하지 않았을 거예요. 처음 당신의 술친구들이 당신을 호텔 방까지 부축해 데려와서는 노크를 하고 내가 문을 열기도 전에 도

망쳤던 기억이 아직도 나요. 그때 우린 아직 신혼

이었어요, 기억나요?

타이론    (가책이 느껴져 격하게) 기억 안 나! 신혼 때가 아니

          었어! 그리고 난 평생 누구 부축을 받아서 침대

          로 간 적도, 공연을 빼먹은 적도 없어!

메리      (남편이 아무 말도 하지 않은 듯) 그 지저분한 호텔

          방에서 몇 시간이고 기다렸죠. 무슨 이유가 있어

          서 못 오고 있겠거니 하면서요. 극장 일 때문에

          못 오는 거라고 자신을 달랬죠. 난 극장에 대해서

          너무 몰랐으니까요. 그러다 더럭 겁이 났어요. 온

          갖 끔찍한 사고들이 다 떠오르는 거예요. 그래서

          무릎을 꿇고 기도하기 시작했어요. 제발 당신한

          테 아무 일도 없게 해 달라고. 그런데 그 사람들

          이 당신을 데려와서 문밖에 두고 간 거예요. (조그

          맣게 슬픈 한숨을 쉬며) 그땐 몰랐었죠. 앞으로 그

          런 일이 얼마나 자주 벌어질지. 지저분한 호텔 방

          에서 얼마나 많은 밤을 기다려야 할지. 나중엔 아

          주 이골이 나더군요.

에드먼드   (아버지에게 비난 어린 증오의 눈길을 보내며 소리친

          다.) 젠장! 그랬으니⋯⋯! (자제하며, 퉁명스럽게) 저

          녁 언제 먹어요, 어머니? 시간 됐는데.

타이론    (수치심에 어쩔 줄 모르면서도 그걸 감추려고 애쓰며,

          손목시계를 더듬어 찾는다.) 그래. 그럴 거야. 보자.

          (시계를 보지만 숫자가 눈에 들어오지 않는다. 애원조

로) 메리! 제발 좀 잊어 줄 수……?

**메리**   (초연히 동정하며) 아뇨, 여보. 하지만 용서는 하겠
어요. 난 항상 당신을 용서하니까. 그러니 그렇게
미안해하지 말아요. 그런 소리 입 밖에 내서 미
안해요. 나도 슬퍼지고 싶진 않아요. 당신을 슬프
게 만들고 싶지도 않고. 행복했던 일들만 기억하
고 싶어요. (다시 수줍고 쾌활한 여학생의 태도로 돌
아간다.) 우리 결혼식 기억나요, 여보? 당신은 내
웨딩드레스가 어떻게 생겼는지 까맣게 잊었을 거
예요. 남자들은 원래 그런 데 관심이 없으니까. 남
자들은 그런 것들이 중요하지 않다고 생각하죠.
하지만 나한텐 중요했어요! 그때 얼마나 법석을
떨고 걱정을 했었는지! 너무 들뜨고 행복했었죠!
아버진 돈 걱정은 말고 원하는 걸로 사라고 하셨
죠. 최고의 드레스도 나한텐 과분하지 않다면서
요. 아버진 날 너무 응석받이로 키우셨죠. 어머닌
달랐어요. 그분은 몹시 신앙이 깊고 엄격하셨죠.
그리고 좀 질투를 하셨던 것 같아요. 어머닌 내
가 결혼하는 걸 찬성하지 않으셨죠. 특히 배우랑
은. 내가 수녀가 되기를 바라셨으니까. 어머닌 아
버지에게 잔소리를 해 댔죠. "내가 뭘 살 때는 돈
걱정 말라는 소리는 입 밖에도 안 내면서! 애 버
릇을 저렇게 들여놨으니 나중에 결혼이라도 하면
저 애 남편이 걱정이에요. 남편한테 달이라도 따

다 바치라고 할 거 아녜요. 좋은 아내 되기는 글렀어요."(애정 어린 웃음소리를 내며) 가엾은 어머니! (어울리지 않는 교태를 부리며 남편에게 미소를 보낸다.) 하지만 우리 어머니 말은 틀렸어요, 안 그래요, 제임스? 나 그렇게 나쁜 아내는 아니었죠, 그렇죠?

타이론  (억지 미소를 지으며 쉰 목소리로) 당신한테 불만이 있다는 게 아니오.

메리  (얼굴에 희미한 죄책감의 그림자가 스친다.) 최소한 당신을 끔찍이 사랑해 왔어요. 그리고 내 나름으로 최선을 다했어요, 그 상황에서는. (얼굴에서 그림자가 사라지고 수줍어하는 소녀 같은 표정이 돌아온다.) 그 웨딩드레스 때문에 드레스 디자이너랑 둘이서 정말 죽도록 고생했죠! (깔깔 웃으며) 내가 너무 까다롭게 굴었거든요. 도무지 마음에 차질 않는 거예요. 결국 디자이너는 더 손을 댔다가는 드레스를 망칠지도 모른다면서 더는 못 고치겠다고 했고, 난 그녀를 내보낸 뒤 혼자 거울 속의 나를 들여다봤죠. 너무 만족스러웠고 허영심이 일었어요. 그래서 혼자 생각했어요. '넌 코랑 입이랑 귀가 약간 너무 크지만 눈과 머리칼과 몸매와 손이 그걸 보완해 주지. 넌 그이가 만난 어떤 여배우 못지않게 예뻐. 화장할 필요도 없다고.' (잠시 멈추고, 기억을 되살리느라 미간을 모은다.) 그런데 내 드레스가 어디 있더라? 박엽지(薄葉紙)에 싸서 트렁크에 넣어 놨는데. 난 늘 딸이 하나 있으면 했어요. 딸이 결혼할 때가 되면 그보다 아름다운 드레스를 살 수는 없을 테니까. 그리고 제임스 당신은 돈 걱정은 말라는 말을 할 사람이 절대 아니잖아요. 싸구려로 하나 샀으면 하겠죠. 내 드레스는 보드랍고 반들거리는 새틴 천으로 지은데다 두셰스 레이스[9]로 목과 소매에 주름 장식을 달고, 치마 뒷부분이 불룩해 보이도록 주름을 잡은 부분에도 레이스를 달았죠. 윗도리는 몸에 꼭 끼게 만들어서 빳빳하게 심을 넣었고요. 가봉할 때 허리를 최대한 가늘게 하려고 숨을 참고 있었던 기억이 나요. 아버진 흰 새틴 슬리퍼에도 두셰스 레이스를 달게 해 주시고 면사포엔 오렌지 꽃 레이스로 장식하게 해 주셨죠. 아, 그 드레스가 얼마나 좋았던지! 정말이지 너무도 아름다웠으니까요! 그런데 지금 어디 있지? 쓸쓸할 때면 가끔 꺼내서 보곤 했었는데. 하지만 드레스만 보면 눈물이 나서 오래전에……. (다시 미간에 주름이 잡힌다.) 그걸 어디다 감췄더라? 다락에 있는 트렁크들 중 하나일 거야. 언제 한번 찾아봐야지. (앞을 빤히 보며 말을 멈춘다. 타이론은 절망적으로 고개

---

9) 벨기에의 여공작 마리 헨리에테의 이름을 딴 손뜨개 레이스.

를 저으며 한숨짓는다. 그는 공감을 나누려고 아들과 눈을 맞추려고 하지만 에드먼드는 바닥만 내려다보고 있다.)

**타이론**  (애써 태연한 목소리로) 저녁 시간 아니오, 여보? (힘없이 놀리며) 나한테 맨날 늦는다고 잔소리더니 막상 제시간에 오니까 저녁이 늦는군. (메리는 그 소리를 듣지 않는 듯하다. 타이론, 여전히 유쾌하게 덧붙인다.) 먹진 못해도 마실 수는 있지. 술 따라 놓은 걸 잊고 있었군. (술을 마신다. 에드먼드가 지켜본다. 타이론, 인상을 쓰면서 날카로운 의심의 눈초리로 아내를 보며, 거칠게) 내 위스키 갖고 장난치는 게 누구야? 이 빌어먹을 술이 반은 물이잖아! 제이미는 나가 있었고, 갠 이렇게까지 심하게 장난을 치진 않지. 아무리 바보라도 금방 알 수 있어. 메리, 대답해요! (화가 나고 혐오스러워서) 설마 당신 거기다 알코올 중독까지…….

**에드먼드**  그만요, 아버지! (어머니를 보지도 않으며 어머니에게) 캐슬린하고 브리지트에게 주신 거죠. 그렇죠, 어머니?

**메리**  (아무래도 좋다는 듯 태연하게) 그럼, 물론이지. 박봉에 열심히들 일하잖니. 내가 안주인이니 못 나가게 막아야. 게다가 캐슬린은 나랑 같이 시내에 나가서 약 심부름도 했으니 한잔 주고 싶었지.

**에드먼드**  아니, 어머니! 갤 어떻게 믿어요! 세상 사람들이

다 알았으면 좋겠어요?

메리 (고집스럽게 얼굴이 굳어지며) 뭘 알아? 내가 손에 관절염이 걸려서 진통제를 쓴다는 거? 그게 왜 부끄러운데? (비난 어린 강한 적개심을 가지고 에드먼드를 돌아본다. 그것은 복수심에 불타는 적의에 가깝다.) 네가 태어나기 전까지는 관절염이 뭔지도 몰랐어! 아버지한테 물어봐! (에드먼드, 움츠러들면서 외면한다.)

타이론 어머니 말 신경 쓰지 마라. 아무 뜻도 없이 하는 말이니까. 손에 대해서 말도 안 되는 변명을 늘어놓기 시작하면 현실에서 완전히 멀어져 버려.

메리 (묘하게 승리감에 찬 비웃는 미소를 지으며 남편을 돌아본다.) 당신이 그걸 깨달았다니 기쁘군요, 제임스! 그럼 이제 과거를 들추지 않겠네요, 당신이나 에드먼드나! (느닷없이 초연하고 사무적인 목소리로 변해서) 왜 불을 안 켜는 거죠, 제임스? 어두워지는데. 당신이 불 켜는 걸 싫어한다는 건 알지만, 에드먼드가 전등 하나 켜는 건 전기세가 많이 안 든다는 걸 증명해 보였잖아요. 나중에 양로원 갈까 봐 그렇게 인색하게 구는 건 말이 안 돼요.

타이론 (기계적으로 반응하며) 난 전등 하나가 전기세가 많이 든다고 얘기한 적 없소! 계속 켜 놓으니까 그렇지. 여기저기에다. 그래 봤자 전기 회사 배만 불리는 건데. (일어나서 독서등을 켠다. 거칠게) 당신한테 이치를 따져야 무슨 소용이겠어. (에드먼드에게) 내가 새로 한 병 갖고 올 테니 우리 진짜 술로 한잔하자. (뒤쪽 응접실로 사라진다.)

메리 　(남의 일처럼 재미있어하며) 하인들 눈에 띄지 않도록 몰래 돌아서 바깥 지하실로 갈 거야. 위스키를 지하실에 놓고 자물쇠를 채우는 걸 창피하게 여기니까. 에드먼드, 네 아버진 이상한 분이야. 난 오랜 세월이 걸려서야 네 아버지를 이해하게 됐지. 너도 아버지를 이해하고 용서하려고 노력해야 돼. 구두쇠라고 경멸하지 말고. 네 할아버지는 미국으로 건너온 지 일 년쯤 되어서 네 할머니와 자식 여섯을 버리고 떠났다는구나. 아무래도 곧 죽을 것 같은데 아일랜드가 너무 그리워서 거기 가서 죽고 싶다면서 말야. 그리고 아일랜드로 가서 돌아가셨지. 네 할아버지도 특이한 분이셨던 모양이야. 그래서 아버진 열 살 때부터 기계 공장에 들어가서 일을 해야 했지.

에드먼드 　(힘없이 반발하며) 제발요, 어머니. 기계 공장 얘기는 아버지한테 신물이 나도록 들었어요.

메리 　그래, 많이 들었지. 하지만 아버지를 이해하려는 노력은 안 했잖니.

에드먼드 　(못 들은 척하고, 비참하게) 제 말 좀 들어보세요, 어머니! 아직 그렇게까지 정신이 없지는 않으신데도 다 잊으셨네요. 의사가 뭐라고 했는지 안 물으셨잖아요. 걱정도 안 되세요?

메리   (동요하며) 그런 말 마라! 마음이 아프니까!

에드먼드   저 심각한 병이래요, 어머니. 하디 선생이 분명하
대요.

메리   (조소적이고 방어적인 완고함을 보인다.) 그 거짓말쟁이
돌팔이 늙은이! 그 얘긴 다 꾸며 낸 거라고……!

에드먼드   (애처롭도록 끈덕지게) 전문의를 불러서 검사를 시
켰어요. 확진을 내리려고요.

메리   (못 들은 척하며) 하디 얘긴 꺼내지도 마라! 실력
있는 요양원 의사가 하디 선생 얘기를 듣고 그러
더라! 그런 의사는 감옥에 처넣어야 된다고! 그런
의사한테 치료를 받으면서 미치지 않은 게 용하
대! 그래서 내가 그랬지. 한 번 미쳤었다고. 잠옷
바람으로 바다에 빠져 죽겠다고 뛰쳐나갔다고.
너도 기억나지, 응? 그런데도 하디 선생 말을 들
으라는 거니? 아니야!

에드먼드   (신랄하게) 기억나죠. 그 일이 있고 나서 아버지와
형은 저한테 더 이상 숨길 수가 없다는 결정을 내
렸죠. 형이 말해 줬어요. 전 형한테 거짓말쟁이라
고 욕하면서 얼굴을 갈기려고 했어요. 하지만 거
짓말이 아니란 걸 알고 있었죠. (목소리가 떨리고
눈에 눈물이 고이기 시작한다.) 그 뒤로 세상이 다
싫어졌어요!

메리   (가련하게) 그만. 내 아기! 내 가슴이 찢어지는구나!

에드먼드  (기운 없이) 죄송해요, 어머니. 하지만 어머니가 먼
저 얘길 꺼내셨잖아요. (그러곤 모질고 완강하게)
어머니, 듣고 싶지 않으시더라도 말해야겠어요.
저 요양소에 들어가야 돼요.

메리  (자기에게 일어난 일이 아닌 듯 멍하게) 가 버린다고?
(격렬하게) 안 돼! 난 용납 못해! 하디 선생 말야,
나한테 의논도 없이 감히 그런 얘길 하다니! 네
아버지도 그렇지, 그러도록 내버려 두다니! 자기
가 무슨 권리가 있다고? 넌 내 아기야! 네 아버진
제이미한테나 신경 쓰라고 해! (점점 더 흥분하고
증오에 차서) 네 아버지가 왜 널 요양소에 보내고
싶어하는지 알아. 나한테서 떼어 놓으려는 거야!
네 아버진 항상 그랬어. 아이들한테마다 질투를
했다고! 그래서 계속 구실을 만들어서 나를 애들
한테서 떼어 놨지. 바로 그래서 유진이 죽은 거야.
네 아버진 특히 너를 제일 질투해. 내가 널 제일
사랑한다는 걸 알기 때문에…….

에드먼드  (비참하게) 제발 이상한 소리 좀 그만 하세요, 어
머니! 아버지 탓 좀 그만 하시라고요. 새삼스럽게
왜 절 못 보내시겠다는 거예요? 제가 집을 떠났
던 게 어디 한두 번인가요? 그래도 단 한번도 슬
퍼하시는 걸 본 적이 없는데!

메리  (신랄하게) 너도 그렇게 민감하지는 못한 모양이
구나. (슬프게) 너도 짐작은 했겠지만, 네가 그

걸―내 문제를―안다는 걸 안 뒤로는 네가 나를 볼 수 없는 곳으로 떠날 때마다 기뻐할 수밖에 없었단다.

**에드먼드** (울먹이며) 어머니! 그만요! (무턱대고 손을 내밀어 어머니의 손을 잡는다. 그러나 다시금 반감에 사로잡혀 바로 손을 놓는다.) 사랑한다는 말은 잘도 하면서…… 얼마나 아픈지 말하려고 하면 들어주지도 않고…….

**메리** (냉담하고 위협적인 어머니로 돌변하며) 그만, 그만. 그만 좀 해! 무식한 하디 선생이 늘어놓는 거짓말 같은 건 듣고 싶지도 않다. (에드먼드, 움츠러든다. 메리, 억지로 계속 놀리는 투로 말하지만 속으로는 점점 부아가 치민다.) 넌 꼭 네 아버지로구나. 아무것도 아닌 일로 법석을 떨면서 극적이고 비장하게 구는 걸 좋아하는 게 말야. (경멸하듯 웃고는) 내가 조금이라도 응석을 받아 주면 이제 죽는다고 엄살을…….

**에드먼드** 그 병으로 죽는 사람도 있어요. 외할아버지도…….

**메리** (날카롭게) 외할아버지 얘긴 왜 꺼내? 너랑은 경우가 다른데. 그분은 폐병이셨어. (화를 내며) 너 그렇게 우울하고 병적으로 구는 거 나 질색이다! 그리고 외할아버지 돌아가신 얘긴 꺼내지 마, 알아들었니?

**에드먼드** (굳은 표정으로, 험악하게) 그래요, 알아들었어요,

어머니. 차라리 못 듣는 게 낫지! (의자에서 일어나 선 채로 비난하듯 어머니를 노려보며, 모질게) 가끔은, 마약쟁이 어머니를 둔 게 너무 힘들어요! (메리, 움찔한다. 얼굴에서 핏기가 싹 가신 듯 석고상처럼 보인다. 에드먼드는 자신이 뱉은 말을 도로 주워 담고 싶은 심정으로 참담하게 더듬거린다.) 용서해 주세요, 어머니. 화가 나서 그랬어요. 어머니가 기분을 상하게 해서. (사이. 무적 소리와 배들의 종소리가 들려 온다.)

메리    (마치 자동인형처럼 천천히 오른쪽 창가로 걸어간다. 밖을 내다보며 공허하고 아득한 목소리로) 저 끔찍한 무적 소리 좀 들어 보렴. 종소리도. 안개가 끼면 왜 모든 소리가 이토록 슬프고 허무하게 들리는 걸까?

에드먼드    (울먹이며) 도, 도저히 더 있을 수가 없어요. 저녁 생각 없어요. (앞 응접실로 황급히 사라진다. 메리는 현관문 닫히는 소리가 들릴 때까지 창밖을 바라보고 있다가 돌아와서 의자에 앉는다. 여전히 멍한 얼굴이다.)

메리    (멍하니) 2층에 가 봐야겠어. 약 기운이 부족해. (사이. 간절하게) 어쩌다 실수로 과다 투여를 했으면 좋겠어. 일부러는 절대 못하지. 성모님이 절대 용서하지 않으실 테니까. (타이론이 돌아오는 소리를 듣고 돌아본다. 타이론, 방금 마개를 뺀 위스키 병을 들고 뒤쪽의 응접실을 통해 들어온다. 그는 화가 나서 씩씩댄다.)

**타이론**   (노기가 등등해서) 자물쇠가 온통 다 긁혔어. 주정뱅이 건달놈이 자물쇠를 따려고 철사로 쑤신 거야. 전에도 그러더니. (마치 큰아들과 끊임없는 머리싸움을 벌이고 있는 것처럼 만족스럽게) 이번엔 내가 이겼지. 전문가도 못 여는 특수 자물쇠를 달았거든. (쟁반에 술병을 내려놓는다. 에드먼드가 없어진 걸 알고는) 에드먼드는 어딨지?

**메리**   (꿈꾸는 듯 멍한 태도로) 나갔어요. 제 형 찾으러 또 시내에 갔을 거예요. 주머니에 돈이 좀 남아 있는 모양인데 쓰고 싶어서 좀이 쑤시나 봐요. 저녁 생각은 없다네요. 요즘 통 입맛이 없나 봐요. (그러곤 고집스럽게) 그냥 여름 감기일 뿐인데. (타이론은 아내를 빤히 보며 어쩔 수 없다는 듯 고개를 흔들고는 한 잔 가득 따라 마신다. 메리, 더 이상 견디지 못하고 흐느끼기 시작한다.) 제임스, 난 너무 무서워요! (일어나서 남편을 부둥켜안고 남편의 어깨에 얼굴을 묻는다. 흐느끼는 목소리로) 걘 죽을 거예요!

**타이론**   그런 소리 말아요! 그렇지 않아! 의사 말이 육 개월 안에 나을 거랬어.

**메리**   그 말 믿지도 않잖아요! 당신 연극엔 안 속아요! 다 내 잘못이에요. 걜 낳지 말았어야 했는데. 걜 위해서 차라리 그게 나았어요. 그럼 걔가 어미 때문에 상처받는 일도 없었을 테니까. 제 엄마가 마약쟁이란 걸 알고 엄마를 미워하는 일도 없었을 테니까!

타이론 　(목소리가 떨린다.) 그만, 메리. 제발! 걘 당신을 사랑해. 그건 당신도 어찌할 수 없는 저주였다는 걸 걔도 알고 있소. 당신을 어머니로서 자랑스럽게 여기고 있어요. (부엌문 열리는 소리를 듣고 황급히) 쉿! 캐슬린이 오고 있소. 우는 모습을 보이고 싶진 않겠지? (메리, 황급히 남편에게서 떨어져 오른쪽 창문으로 가며 눈물을 닦는다. 잠시 후 캐슬린이 뒤쪽 응접실 문간에 등장한다. 취해서 걸음걸이가 불안하고 실없이 히죽댄다.)

캐슬린 　(타이론을 보자 움찔 놀라 예의를 차려) 저녁 식사 준비됐습니다, 주인님. (불필요하게 목소리를 높여) 저녁 식사 준비됐습니다, 마님. (예의를 던져 버리고 타이론에게 임의롭게 말을 붙인다.) 어머, 와 계셨네요. 이를 어째. 브리지트가 화내지 않았으면 좋겠네! 제가 브리지트한테, 마님이 그러시는데 주인님께선 저녁 드시러 오시지 않을 거라고 했거든요. (타이론의 눈에서 나무라는 빛을 보고) 그런 눈으로 보지 마세요. 제가 한잔하긴 했지만 훔쳐 먹은 건 아니라고요. 마님이 주신 거예요. (골이 나서 예의를 차린 동작으로 돌아서서 뒤쪽 응접실을 통해 사라진다.)

타이론 　(한숨을 쉰다. 그러나 배우다운 열성을 끌어내어) 자, 갑시다. 가서 저녁 먹어야지. 배가 몹시 고픈걸.

**메리** (남편에게로 간다. 다시 석고상 같은 얼굴이 되었고 초연한 목소리다.) 미안하지만 난 그만둬야겠어요, 제임스. 아무것도 먹을 수가 없겠어요. 손이 너무 아파요. 지금으로선 침대에 가서 쉬는 게 최선이에요. 잘 자요, 여보. (남편에게 기계적으로 키스하고 앞 응접실 쪽으로 돌아선다.)

**타이론** (무자비하게) 올라가서 그 빌어먹을 독을 더 맞겠다 이거지. 이 밤이 끝나기 전에 미친 유령처럼 되고 말겠군!

**메리** (걸음을 옮기며 공허하게) 무슨 소리를 하는 건지 모르겠네요, 제임스. 당신은 취하면 그렇게 상스럽고 가혹한 말을 하죠. 당신도 애들하고 똑같아요. (앞 응접실로 사라진다. 타이론은 어찌할 바를 모르는 듯 잠시 그대로 서 있는다. 그는 슬프고, 망연자실하고, 낙담한 늙은이의 모습이다. 그는 식당을 향해 뒤쪽 응접실로 지친 발걸음을 옮긴다.)

막

4막

# 4막

같은 장소. 자정쯤. 현관등이 꺼져 있어서 앞 응접실을 통해 들어오는 빛은 없다. 거실에는 탁자 위의 독서등만 켜져 있다. 창밖의 안개는 더욱 짙어진 듯하다. 막이 오르면 무적 소리가 들리고 뒤이어 배들의 종소리가 들려온다.

타이론은 탁자에 앉아 있다. 코안경을 걸치고 혼자 하는 카드 놀이를 하고 있다. 겉옷은 벗고 낡은 갈색 가운을 입었다. 쟁반 위의 위스키병은 사분의 삼이 비어 있다. 지하실에서 가지고 올라온 가득 찬 새 술병이 있기 때문에 여유분은 충분하다. 그는 취했고, 취한 사람답게 카드마다 올빼미처럼 눈을 부릅뜨고 찬찬히 확인하고는 분명한 목적도 없는 것처럼 카드를 둔다. 눈은 흐리멍덩하면서도 번들거리고, 입은 헤벌어져 있다. 그러나 위스키를 그렇게 마셨는데도 현실에서 도망치지 못하고 3막 마지막 장면에서처럼 절망감에 사로잡힌 슬프고 좌절한 노인의 모습을 하고 있다.

막이 오르면 그는 게임을 끝내고 카드를 한데 모은다. 서툴게 카드를 섞다가 바닥에 두어 장을 떨어뜨린다. 어렵사리 그것들을 주워 다시 섞기 시작하는데 누군가 현관문으로 들어오는 소리가 들린다. 그는 코안경 너머로 앞 응접실 쪽을 응시한다.

**타이론**   (쉰 목소리로) 누구냐? 에드먼드 왔냐? ("예." 하고 대답하는 에드먼드의 무뚝뚝한 목소리가 들려온다. 그러곤 어두운 현관에서 무엇에 부딪혔는지 욕지거리를 해 대는 소리가 들린다. 잠시 후 현관등이 켜진다. 타이론, 얼굴을 찌푸리며 소리친다.) 불 끄고 들어와라. (그러나 에드먼드는 불을 끄지 않고 앞 응접실을 통해 들어온다. 그도 이제 취했지만 아버지처럼 겉으로는 별로 표시가 나지 않고 눈이 좀 풀리고 태도가 공격적이 되었을 뿐이다. 타이론, 처음에는 안도해서 따뜻하게 환영한다.) 잘 왔다. 혼자 쓸쓸했는데. (그러곤 화를 내며) 뻔히 알면서 밤새 이 아비 혼자 앉아 있게 저만 줄행랑을 치다니……. (신경을 곤두세우며) 내가 불 끄라고 했지! 지금 무도회라도 하니? 이 밤중에 왜 집 안을 휘황찬란하게 밝혀

놔. 돈만 없애게!

에드먼드   (발끈해서) 휘황찬란요! 겨우 등 하나 켰어요! 젠
장, 어느 집이나 자기 전에는 현관등을 켜 둔다고
요. (무릎을 문지르며) 모자걸이에 부딪혀서 무릎
이 박살 날 뻔했어요.

타이론   거실 불빛으로도 현관까지 다 보여. 정신만 말짱
하면 앞을 왜 못 봐.

에드먼드   정신만 말짱하면요? 어이가 없어서!

타이론   남들이 어떻게 하든 난 신경 안 써. 남한테 과시
하고 싶어서 멍청하게 돈을 펑펑 써 대고 싶은 인
간들이야 얼마든지 그렇게 하라지!

에드먼드   등 하나예요! 젠장, 궁상 좀 떨지 마세요! 등 하
나쯤은 밤새 켜 놔도 술 한 잔 값도 안 나온다는
걸 계산으로 증명해 드렸잖아요!

타이론   그런 계산 같은 건 집어치워! 내가 내는 고지서에
증거가 다 있으니까!

에드먼드   (아버지 맞은편에 앉아서 경멸하듯이) 그래요, 사실
같은 건 아무 의미도 없죠, 안 그래요? 아버지가
믿고 싶은 것, 그것만이 진실이죠! (조롱 섞인 어조
로) 예를 들자면, 셰익스피어는 아일랜드계 가톨
릭 신자였죠.

타이론   (고집스럽게) 맞아. 그의 작품들에 증거가 들어 있어.

에드먼드   아뇨, 그렇지 않아요. 그의 작품들에 증거 같은
것도 없고요. 아버지 혼자 우기는 거지! (희롱조

로) 웰링턴 공작, 그분 역시 훌륭한 아일랜드계 가톨릭 신자였죠!

타이론 　훌륭하다는 말은 한 적 없다. 변절자였으니까. 그 래도 가톨릭 신자였던 건 사실이야.

에드먼드 　틀렸어요. 아버진 그저, 아일랜드계 가톨릭 출신 의 장군이 나폴레옹을 물리쳤다고 믿고 싶은 것 뿐이에요.

타이론 　너하고 입씨름하고 싶지 않다. 현관 등 끄라고 했다.

에드먼드 　들었어요. 하지만 그냥 켜 둘래요.

타이론 　버릇없이 굴지 마! 내 말 들을래, 안 들을래?

에드먼드 　안 들을래요. 그렇게 돈이 아까우면 직접 가서 끄 세요!

타이론 　(위협적으로 화를 내며) 내 말 들어! 네가 가끔 미 친 짓을 하는 걸 보고 머리가 정상이 아니구나 생각하고 무슨 짓을 저질러도 용서하고 참아 왔 다. 여태 매 한번 안 댔어. 하지만 참는 데도 한계 가 있는 법이다. 내 말대로 가서 불 꺼. 아무리 컸 어도 매로 가르칠 건……! (문득 에드먼드가 환자라 는 사실에 생각이 미치자 즉시 미안하고 부끄럽게 여 기며) 아버지를 용서해라. 깜빡 잊었어. ……그러니 까 아버지 성질 건드리지 말아야지.

에드먼드 　(역시 부끄러워져서) 됐어요, 아버지. 저도 죄송해 요. 아무 일도 아닌 걸 갖고, 심술 부릴 자격도 없

는 놈이. 좀 취한 모양이에요. 저 빌어먹을 불, 가
서 끌게요. (일어서려고 한다.)

타이론　아냐, 그냥 있어라. 그냥 켜 놔. (갑자기 비틀거리며 일
어나더니 샹들리에의 전구 세 개를 켜기 시작한다. 어린애
처럼 지독히도 극적인 자기 연민에 젖어) 불을 다 켜 놓
자! 휘황찬란하게! 까짓것! 어차피 양로원행인데 가
려면 빨리 가는 게 낫지! (전구 세 개를 다 켠다.)

에드먼드　(유머 감각이 되살아나서 이 광경을 지켜본다. 히죽거
리며 애정을 담아 놀린다.) 그거 멋진 마무리 대사
네요. (소리 내어 웃으며) 아버진 정말 대단하세요.

타이론　(쑥스러워하며 앉고는 서글프게 투덜댄다.) 그래, 이
늙은 광대를 비웃어라! 불쌍한 삼류 배우를! 그
래도 내 인생의 막은 양로원에서 내려질 거고, 그
건 희극이 아니지! (그래도 에드먼드가 계속 히죽거
리자 화제를 돌린다.) 좋아, 입씨름 그만 하자. 넌 머
리가 좋아. 아닌 척하려고 용을 쓰지만. 넌 돈의
가치를 배우게 될 거야. 네 형이라는 건달 놈하고
는 다르니까. 걔는 정신 차리긴 다 틀렸다. 그런데
그 녀석은 지금 어디 가 있는 거야?

에드먼드　제가 어떻게 알아요?

타이론　네 형 만나러 다시 나간 줄 알았는데.

에드먼드　아녜요. 바닷가에 산책 갔다 왔어요. 아까 오후에
보고 못 봤어요.

타이론　내가 준 돈을 바보같이 네 형하고 나눴다면…….

에드먼드  당연히 그랬죠. 형도 뭐든지 생기기만 하면 저한
테 주니까요.

타이론  그럼 보나마나 창녀한테 달려갔겠군.

에드먼드  그럼 좀 어때요? 안 될 거 없잖아요.

타이론  (경멸조로) 안 될 거 없지. 걔한테 딱 맞는 데니까.
여자와 술밖에 모르는 놈이니까. 속으로는 어땠
는지 몰라도 겉보기엔 높은 이상을 품어 본 적도
없는 놈이지.

에드먼드  제발요, 좀, 아버지! 또 그 얘기 시작하시는 거라
면 전 꺼지겠어요. (일어서려고 한다.)

타이론  (달래며) 알았다, 알았어. 그만 하마. 나도 좋아서
하는 얘기가 아냐. 같이 한잔할래?

에드먼드  아! 이래야 얘기가 통하죠!

타이론  (아들에게 술병을 건네며, 기계적으로) 너한테 술을
먹이면 안 되는데. 벌써 충분히 마셨잖니.

에드먼드  (한 잔 가득 따르며 약간 취기가 도는 목소리로) 충분
히 배가 부르면 진수성찬을 먹은 것이나 다름 있
다.10) (술병을 아버지에게 돌려준다.)

타이론  그 몸으론 못 견뎌.

에드먼드  신경 쓰지 마세요. (잔을 들며) 자, 드세요.

타이론  쭉 들이켜라. (두 사람, 마신다.) 바닷가에 산책 갔

---

10) '충분히 배가 부르면 진수성찬을 먹은 것이나 다름없다.'라는 속담을 비
튼 표현이다.

다 왔다면 축축하고 춥겠다.

**에드먼드** 가는 길에 술집에 들렀다 왔어요.

**타이론** 나라면 이런 밤에 멀리 산책 안 간다.

**에드먼드** 안개가 좋아서요. 안개 속을 걷고 싶었어요. (목소리와 얼굴에 좀 더 취기가 돈다.)

**타이론** 사람이 분별이 있어야지, 위험하게…….

**에드먼드** 분별, 그거 있어서 뭐하게요? 어차피 우린 다 미쳤는데. (냉소적으로 다우슨[11]의 시 「길지 않으리」를 낭송한다.)

> 길지 않으리, 울음과 웃음,
> 사랑과 욕정과 증오는.
> 우리, 죽음의 문 지나고 나면
> 그것들, 우리에게 더는 없으리니.
>
> 길지 않으리, 술과 장미의 시절도.
> 어느 어렴풋한 꿈에서
> 우리의 길 잠시 나타났다, 이내
> 어느 꿈속에서 닫히리니.

(앞을 응시하며) 전 안개 속에 있고 싶었어요. 정

---

11) 어니스트 다우슨(Ernest Dowson, 1867~1900). 영국의 탐미주의 시인으로 결핵을 앓다가 서른세 살의 나이로 요절했다.

원을 반만 내려가도 이 집은 보이지 않죠. 여기에 집이 있는지조차 모르게 되는 거죠. 이 동네 다른 집들도요. 지척을 구분할 수가 없었어요. 아무도 만나지 않았죠. 모든 게 비현실적으로 보이고 들렸어요. 그대로인 건 아무것도 없었어요. 바로 제가 원하던 거였죠. 진실은 진실이 아니고 인생은 스스로에게서 숨을 수 있는, 그런 다른 세상에 저 홀로 있는 거요. 저 항구 너머, 해변을 따라 길이 이어지는 곳에서는 땅 위에 있는 느낌조차도 없어졌어요. 안개와 바다가 마치 하나인 것 같았죠. 그래서 바다 밑을 걷고 있는 기분이었어요. 오래전에 익사한 것처럼. 전 안개의 일부가 된 유령이고 안개는 바다의 유령인 것처럼. 유령 속의 유령이 되어 있으니 끝내주게 마음이 편안하더라고요. (아버지가 걱정스러우면서도 못마땅해하는 눈길을 보내는 걸 보고 조롱하듯 히죽거린다.) 미친놈 보듯이 그렇게 보지 마세요. 맞는 말이니까. 세상에 인생을 있는 그대로 보고 싶어하는 사람이 어딨어요? 인생은 고르곤[12] 셋을 하나로 합쳐놓은 것과 같아요. 얼굴을 보면 돌로 변해 버린다는 그

---

12) 그리스 신화에 등장하는 괴물들로 세 자매이며 머리카락이 뱀으로 이루어져 있는 등 소름 끼치도록 무서운 형상을 하고 있다. 메두사가 그중 하나이다.

괴물들 말예요. 아니면 판[13]이거나. 판을 보면 죽게 되고—영혼이 말예요—유령처럼 살아가게 되죠.

타이론 (감탄하면서도 동시에 반감이 생겨) 넌 시인 기질이 있지만 너무 병적이야! (억지 미소를 지으며) 빌어 먹을 염세주의. 그러잖아도 우울한데. (한숨지으며) 그깟 삼류 나부랭이는 집어치우고 셰익스피어나 생각해. 셰익스피어 속에서 네가 하고 싶은 말을 찾을 수 있을 테니까. 명언은 거기 다 있지. (낭랑한 음성으로 인용한다.) "우리는 꿈 같은 존재, 우리의 짧은 인생은 잠으로 완성되나니."[14]

에드먼드 (비꼬아서) 좋아요! 아름다워요. 하지만 제가 하려던 말은 그게 아니었어요. 우리는 거름 같은 존재, 그러니 실컷 마시고 잊어버리자. 이게 더 제 생각에 가깝지요.

타이론 (넌더리가 나서) 그런 감상적인 소리 마. 괜히 술을 더 먹었어.

에드먼드 술기운이 확 오르는데요, 좋아요. 아버지도 그렇고. (히죽대며 애정을 담아 놀린다.) 그래도 아버진 한번도 공연을 빼먹은 적이 없지만요! (공격적으로) 취하는 게 뭐가 나빠서요? 우리 취하려고 마

---

13) 그리스 신화에 등장하는 숲과 목축의 신. 염소의 뿔과 다리를 지녔다.
14) 셰익스피어의 『템페스트』 4막 1장 중에서.

신 거 아녜요, 예? 아버지, 우리 피차 솔직해지자
고요. 오늘 밤만은. 우린 잊고 싶은 게 있잖아요.
(황급히) 하지만 그 얘긴 하지 말아요. 이제 소용
없으니까.

**타이론**   (기운 없이) 그래. 우리가 할 수 있는 거라곤 포기
하는 것뿐이지…… 또다시.

**에드먼드**   아니면 취해서 다 잊든지. (시몬즈가 번역한 보들레
르의 산문시 「취하라」를 신랄하고 풍자적으로 멋지게
낭송한다.)

늘 취해 있어라. 다른 건 상관없다. 그것만이 문
제이다. 그대의 어깨를 눌러 땅바닥에 짓이기는
시간의 끔찍한 짐을 느끼지 않으려거든 쉼 없이
취하라.

무엇에 취하냐고? 술에든, 시에든, 미덕에든, 그대
마음대로. 그저 취해 있어라.

그러다 이따금 궁전의 계단에서나, 도랑가 풀밭
에서나, 그대 방의 적막한 고독 속에서 깨어나 취
기가 반쯤 혹은 싹 가셨거든 바람에게나, 물결에
게나, 별에게나, 새에게나, 시계에게나, 그 무엇이
든 날아가거나, 탄식하거나, 흔들리거나, 노래하
거나, 말하는 것에게 물어보라, 지금 무엇을 할
시간인지 그러면 바람은, 물결은, 별은, 새는, 시계
는 대답하리라. '취할 시간이다! 취하라, 시간의

고통받는 노예가 되지 않으려거든 쉼 없이 취하
라! 술에든, 시에든, 미덕에든, 그대 원하는 것에.'

(아버지를 약올리듯 히죽거린다.)

타이론    (잔뜩 익살을 떤다.) 내가 너라면 미덕에 대해서는
         걱정 안 할 텐데. (그러곤 넌더리를 내며) 쳇! 병적
         인 헛소리! 그 속에 눈곱만큼이라도 진리가 들어
         있다면 셰익스피어에 고상하게 표현되어 있을 거
         다. (그러곤 이해하려는 태도로) 그래도 낭송은 훌
         륭했다. 누가 쓴 거야?

에드먼드   보들레르요.

타이론    못 들어 본 이름이구나.

에드먼드   (약올리듯 히죽거리며) 그는 제이미 형과 불야성[15]
         에 관한 시도 쓴걸요.

타이론    그 건달놈! 막차 놓쳐서 시내에서 돌아오지 못했
         으면 좋겠다!

에드먼드   (못 들은 것처럼 계속 말한다.) 그는 프랑스인이고
         브로드웨이는 본 적도 없고 제이미 형이 태어나
         기도 전에 죽었지만 말예요. 그런데도 그는 형과
         뉴욕에 대해 알고 있었어요. (시먼스가 번역한 보들
         레르의 『파리의 우울』 중에서 「에필로그」를 암송한다.)

_____

15) 뉴욕 브로드웨이의 속칭이다.

고요한 마음으로 가파른 산성 꼭대기에 올라
탑에서 보듯 도시를 내려다보았지,
병원과 매춘굴과 감옥과 지옥 같은 장소들,

악이 꽃처럼 조용히 피어나는 곳.
오, 사탄이여, 내 고통의 수호자여, 그대는 알리라,
나 그때 헛된 눈물을 뿌리기 위해 오른 것이 아
님을.

늙고 쓸쓸하고 충실한 호색가처럼,
저 거대한 매춘부에게서 기쁨을 마시기 위해서
임을,
그녀의 끔찍한 아름다움은 내 젊음을 되찾아 주
나니.

그대, 낮의 짙은 안개 속에서 자고 있거나,
아니면, 새로이 단장하고 아름다운 저녁의 금빛
레이스 베일 속에 서 있거나,

나 그대를 사랑한다, 치욕의 도시여!
창녀들과 쫓기는 자들도
그들 나름의 쾌락을 줄 수 있거늘
속된 무리는 결코 알지 못한다.

**타이론**    (질색을 하며) 병적인 외설물이야! 도대체 문학 취미가 그게 뭐냐? 외설에, 절망에, 염세주의에! 이 사람도 무신론자야. 신을 부정하는 건 희망을 부정하는 거야. 그게 바로 네 문제야. 무릎을 꿇고……

**에드먼드**    (못 들은 것처럼 냉소적으로) 형하고 똑같지 않아요? 자신에게 쫓기고 술에 쫓긴 형이, 어느 뚱뚱한 창녀와—형은 뚱뚱한 여자를 좋아하거든요—브로드웨이 호텔 방에 숨어 그녀에게 다우슨의 「시나라」를 들려주죠. (조롱하듯이, 그러나 잔뜩 감정을 넣어 암송한다.)

> 밤새 내 가슴 위에서 그녀의 따뜻한 가슴이 고동치는 것을 느꼈네,
> 밤새 내 품에서 그녀는 사랑과 잠에 취해 누워 있었네.
> 돈으로 산 그녀의 붉은 입술의 키스는 정녕 달콤했지만
> 잠에서 깨어 먼동이 트는 것을 보자
> 난 쓸쓸했고 옛사랑이 그리웠네,
> 시나라여! 나 그대에게 충실했네, 내 방식대로.

(조롱하듯) 저 가련한 뚱보는 한마디도 이해를 못하면서 자기를 모욕하는 시라고 생각하죠! 그리고 형은 평생 시나라 같은 여자를 사랑해 본 적

도, 한 여자에게 충실한 적도 없죠. 자기 방식대로라도 말예요! 그런데도 거기 누워서 자기가 우월한 존재라는 착각에 빠져 '속된 무리는 결코 알지 못한다.'를 즐기고 있는 거예요! (소리 내어 웃는다.) 미친 짓이죠, 완전히!

타이론      (멍하니 쉰 목소리로) 그래, 광기야. 네가 무릎 꿇고 기도할 수 있다면 좋을 텐데. 신을 부정하는 건 온전한 정신을 부정하는 거야.

에드먼드      (그 말을 무시하고) 그럼 전 누구한테 우월감을 느끼는 걸까요? 저도 그 짓을 해왔는데. 그래도 다우슨이 했던 미친 짓보단 낫죠. 다우슨은 압생트[16]를 퍼마시고 숙취에 시달리다가 영감을 얻어 어느 멍청한 술집 여급한테 이 시를 써서 바쳤는데, 그 여자는 다우슨을 가난하고 미친 주정뱅이로 여기고 그를 퇴짜 놓고 웨이터랑 결혼했다지 뭐예요! (소리 내어 웃는다. 그러곤 진심으로 동정하며 진지하게) 불쌍한 다우슨. 술과 폐병으로 죽었죠. (움찔하더니 잠시 비참하고 겁먹은 얼굴이 된다. 그러나 이내 방어적으로 비꼰다.) 이제 화제를 돌리는 게 현명하겠군.

타이론      (쉰 목소리로) 좋아하는 작가들이라곤 하나같이…… 저 빌어먹을 책들! (뒤쪽의 작은 책장을 가

---

16) 쓴 쑥으로 맛을 들인 독한 술.

리키며) 볼테르, 루소, 쇼펜하우어, 니체, 입센! 무
신론자에, 멍청이에, 미친놈들뿐이라니까! 시인들
도 마찬가지! 지금 말한 다우슨, 보들레르, 스
윈번, 오스카 와일드, 휘트먼, 포! 죄다 매춘부나
찾아다니는 타락한 인간들이지! 쳇! 셰익스피어
전집을 세 질이나 들여놨는데. (그러면서 큰 책장을
턱짓으로 가리킨다.)

에드먼드   (약올리듯) 셰익스피어도 주정뱅이였다는데요.

타이론   거짓말이야! 셰익스피어도 술을 즐기긴 했겠지.
그건 진짜 사나이들의 약점이니까. 하지만 그는
주도를 아는 사람이라 술 때문에 병적인 생각에
물들거나 타락하진 않았어. 셰익스피어를 저기
저 인간들하고 비교하지 마. (그러면서 다시 작은
책장을 가리킨다.) 추잡한 졸라! 마약쟁이 단테 가
브리엘 로세티! (움찔하면서 찔리는 얼굴이 된다.)

에드먼드   (방어적으로 냉담하게) 화제를 바꾸는 게 현명하
겠네요. (사이) 저한테 셰익스피어를 모른다고 하
실 순 없을걸요. 언젠가 내기를 해서 제가 5달러
를 땄잖아요. 아버진 옛날에 극단에 있을 때 일주
일 안에 주역 대사를 다 외웠다면서 저보고는 그
렇게 못할 거라고 했죠. 하지만 전 아버지의 큐에
맞춰서 『맥베스』 대사를 한 글자도 안 틀리고 외
웠잖아요.

타이론   (만족해하며) 맞아. 그랬지. (놀리듯 미소 지으며 한

숨짓는다.) 기억나. 얼마나 엉망으로 대사를 하는
지 들어주기가 아주 고역이었지. 차라리 그만 시
키고 그냥 돈을 주고 싶은 생각이 굴뚝같더라. (그
는 킬킬 웃고 에드먼드는 히죽거린다. 타이론, 2층에서
무슨 소리가 나자 움찔한다. 두려워하며) 들었니? 네
어머니 소리구나. 자고 있기를 바랐는데.

에드먼드    신경 쓰지 마세요! 한잔 더 어때요? (팔을 뻗어 술
병을 집어서 한 잔 따른 뒤 아버지에게 술병을 돌려준
다. 아버지가 술을 따르는 동안 무심코 묻는 듯이) 어
머니는 언제 주무시러 올라가셨어요?

타이론    너 나가고 바로. 저녁도 안 먹더구나. 넌 왜 그렇
게 뛰쳐나갔니?

에드먼드    아네요. (갑자기 술잔을 들며) 자, 드시죠.

타이론    (기계적으로) 쭉 들이켜라. (두 사람, 술을 마신다. 타
이론, 다시 2층에서 나는 소리를 듣고 두려워하며) 네
어머니가 많이 움직이는구나. 제발 여기로 내려오
진 않았으면.

에드먼드    (멍하니) 예. 이젠 과거 속을 헤매는 유령이 되어
있을 테니까요. (사이를 두고, 서글프게) 제가 태어
나기 전으로 돌아가……

타이론    나한테는 안 그러는 줄 아니? 나를 만나기 전으
로 돌아가지. 그러는 걸 보면 네 어머니한테 행복
했던 시절은 네 외할아버지 집에서 살던 때나 수
녀원 여학교에서 기도하고 피아노 치면서 살던 때

밖에 없었던 것 같다. (비꼬는 말 속에 질투 어린 분노가 들어 있다.) 전에도 말했지만, 네 어머니 옛날 얘기는 좀 과장이 섞였어. 집도 대단했던 것처럼 얘기하지만 사실 평범했지. 그리고 네 외할아버지도 네 어머니 말처럼 그렇게 훌륭하고 관대하고 고귀한 아일랜드 신사는 아니었어. 물론 좋은 분이었고 사교성도 좋고 말솜씨도 좋았지. 나도 그분을 좋아했고 그분도 나를 좋아했어. 그리고 식품 도매상을 해서 부유한 편이었고 능력도 있었지. 하지만 그분에게도 결점은 있었어. 네 어머니 말야, 나 술 마시는 거 갖고 나무라지만 네 외할아버지 술 좋아하시던 건 잊어버리고 그러는 거야. 네 외할아버지가 마흔이 되실 때까지 술한 방울 입에 안 댔던 건 사실이지만 그 뒤로 그동안 못 마셨던 걸 다 마셔 버렸지. 그분은 샴페인만 드셨는데 상태가 심각했어. 샴페인만 마시는 걸 대단히 고상한 취미인 것처럼 생각했지. 그런데 그것 때문에 일찍 돌아가셨어. 거기다 폐병이……. (죄스러운 눈길로 아들을 흘낏 보며 말을 끊는다.)

**에드먼드** (냉소적으로) 불쾌한 화제를 피할 수가 없네요, 그렇죠?

**타이론** (슬프게 한숨지으며) 그래. (애처로울 정도로 쾌활해지려고 애쓰면서) 카지노 게임[17]이나 하는 게 어떻겠니?

에드먼드 좋아요.

타이론 (서툴게 카드를 섞으며) 네 형이 막차로 돌아올 때까지 문 잠그고 못 자니까……. 차라리 안 들어왔으면 좋겠지만. 어쨌거나 네 어머니 잠들기 전에는 2층에 올라가고 싶지 않으니까.

에드먼드 저도 그래요.

타이론 (카드를 돌릴 생각은 하지 않고 서툰 솜씨로 계속 섞기만 한다.) 아까도 말했다시피 네 어머니 옛날 얘기에는 과장이 섞였어. 피아노를 좋아해서 피아니스트가 꿈이었다는 것도 그래. 수녀들이 치켜세워서 그렇게 된 거야. 네 어머닌 신앙심이 깊어서 수녀들의 사랑을 독차지했거든. 어쨌거나 수녀들은 세상 물정에는 어둡지. 그들은 피아노에 재능 있는 사람들 중에 피아니스트로 성공하는 사람은 백만 명 중에 하나 꼴도 안 된다는 걸 몰랐지. 네 어머니가 여학생치고는 피아노를 잘 친 건 사실이지만 그렇다고 피아니스트가 된다는 보장이…….

에드먼드 (날카롭게) 하실 거면 빨리 돌리세요.

타이론 엉? 그래. (거리 감각을 거의 상실한 상태로 패를 돌린다.) 수녀가 됐을지도 모른다는 것도 말이 안 돼. 네 어머닌 빼어난 미인이었어. 본인도 그걸 알고 있었지. 그리고 겉으로는 수줍어하면서 얼굴

---

17) 카드 놀이의 한 종류.

을 붉혔지만 속으론 바람둥이 기질도 좀 있었어. 네 어머닌 속세를 등질 사람이 못 됐어. 건강과 정력과 연애 감정이 넘쳤으니까.

에드먼드   제발요, 아버지! 왜 카드 안 집으세요?

타이론   (카드를 집으며 멍청하게) 자, 패가 어떻게 들어왔나 보자. (두 사람, 자기 패를 열심히 보지만 눈에 들어오지 않는다. 게임이 시작된다. 타이론, 속삭인다.) 가만!

에드먼드   어머니가 내려와요.

타이론   (황급히) 게임 계속하자. 못 본 척하면 금방 도로 올라갈 거야.

에드먼드   (앞 응접실을 통해 보면서 안도한 목소리로) 안 보여요. 내려오다가 도로 올라가셨나 봐요.

타이론   다행이다.

에드먼드   그래요. 지금쯤 엉망이 되셨을 텐데 그런 어머니를 보는 건 정말 끔찍해요. (고통에 차서) 제일 참기 힘든 건 어머니가 보이지 않는 벽에 둘러싸여 있는 거예요. 짙은 안개 속에 숨어 그곳에서 헤맨다는 표현이 더 어울리겠네요. 고의적으로요. 그게 사람을 죽이죠! 고의적으로 그런다는 건, 우리 손이 닿지 않는 곳으로 가서 우리한테서 벗어나, 우리가 살아 있다는 걸 잊으려는 거죠! 그러니까 마치, 우리를 사랑하지만 동시에 증오하는 것처럼요!

타이론   (점잖게 타이르며) 자, 자, 에드먼드. 그건 네 어머니 잘못이 아냐. 그 빌어먹을 독 때문이지.

**에드먼드**  (신랄하게) 그런 효과를 노리고 마약을 하는 거잖아요. 적어도 이번엔 그래요! (느닷없이) 제 차례죠, 예? 여기요. (카드 패를 내놓는다.)

**타이론**  (기계적으로 게임을 하며 점잖게 꾸짖는다.) 네 어머니 말이다, 겉으론 안 그런 척 애쓰지만 네 병 때문에 잔뜩 겁을 먹었어. 그러니까 너무 심하게 그러지 마라. 네 어머니 탓이 아니잖니. 그 저주받은 독약에 한번 빠지면…….

**에드먼드**  (표정이 굳어지며 격한 비난의 눈길로 아버지를 쳐다본다.) 그러니까 애초에 그런 일이 없게 했어야죠! 어머니 탓이 아니란 건 저도 아주 잘 알아요! 누구 탓인지도 알죠! 바로 아버지예요! 아버지의 그 빌어먹을 인색함 때문이라고요! 어머니가 저를 낳고 심하게 아팠을 때 괜찮은 의사를 불렀다면 어머닌 이 세상에 모르핀이 존재하는지조차 몰랐을 거예요! 그런데 아버진 호텔 돌팔이한테 어머니를 맡겼고, 그 돌팔이는 자기가 무식하다는 걸 인정하기 싫어서 제일 쉬운 방법을 쓴 거예요. 나중에 어머니가 겪게 될 일은 신경도 쓰지 않고요! 그게 다 싸기 때문이었죠! 아버지는 맨 싸구려만 찾으니까!

**타이론**  (찔려서 화를 내며) 조용히 해! 어디서 알지도 못하는 소리를 하고 있어! (화를 억누르려고 애쓰면서) 내 입장에서도 생각을 해 줘야지. 그놈이 그런 돌팔인지 내가 어떻게 알았겠니? 평판이 좋아서…….

에드먼드 호텔 바의 주정뱅이들 사이에서나 평판이 좋았겠죠!

타이론 억지 소리! 호텔 사장한테 제일 잘 보는 의사로 소개해 달라고…….

에드먼드 그러셨겠죠! 양로원 타령으로 싸구려를 원한다는 뜻을 비추면서 말예요! 아버지 수법 다 알아요! 아까 그 일을 보고도 모른다면 말이 안 되죠!

타이론 (죄책감을 느끼며 방어적으로) 아까 그 일이라니?

에드먼드 그만두세요. 지금은 어머니 얘기를 하고 있는 거니까! 제 말은, 아버지가 아무리 변명을 해도, 결국 돈 때문에 벌벌 떨다가 어머니를 저 지경으로 만들었다는 걸 아버지 자신도 잘 알고 있고…….

타이론 내 말은, 그게 다 헛소리라는 거야! 당장 입 닥치지 않으면…….

에드먼드 (못 들은 척) 어머니가 모르핀 중독이라는 걸 알았을 때 왜 치료를 안 시켰어요? 고칠 수 있었던 초기에. 돈이 들까 봐 그랬겠죠! 어머니한테 의지력으로 이겨 내는 도리밖에 없다고 했겠죠! 아버진 아직까지도 속으론 그렇게 믿고 있을 거예요. 약물 중독에 대해 잘 아는 의사들이 아무리 설명을 해 줘도…….

타이론　또 억지 소리! 나도 이젠 알아! 하지만 그때야 어떻게 알았겠니? 내가 모르핀에 대해 뭘 알았겠어? 그리고 모르핀 중독이란 것도 몇 년이 지나서야 알았어. 난 그저 네 어머니 아픈 게 안 낫는 줄로만 알았어. 왜 치료를 안 시켰냐고? (통렬하게) 치료를 안 시켜? 치료비로 수천 달러나 까먹었어! 다 헛돈 쓴 거지. 치료해서 어떻게 됐는 줄 알아? 번번이 도루묵이었어.

에드먼드　그거야 어머니가 약을 끊고 싶도록 만들어 주질 않았으니까요! 집이라고 있는 건 어머니가 좋아하지도 않는 곳에 지어 놓은 잘난 여름 별장 하나가 다고, 게다가 돈 아까워서 제대로 꾸미지도 않고. 그저 땅이나 사들이고, 금광이 있느니 은광이 있느니 일확천금을 벌게 해 주겠다느니 하면서 꼬이는 사기꾼들한테 당하기나 하고. 순회공연 다닐 때마다 끌고 다니면서 말동무도 없는 지저분한 호텔 방에서 밤이면 밤마다 술집 문 닫는 시간이 돼야 고주망태가 되어서 들어오는 아버지를 기다리며 살게 했잖아요! 젠장, 그러니 어디 약 끊을 마음이 들겠어요. 빌어먹을, 그 생각만 하면 아버지가 미워서 견딜 수가 없어요!

타이론　(고통에 짓눌려) 에드먼드! (그러곤 벌컥 화를 내며) 아비한테 하는 말버릇이라곤, 이 버르장머리없는 놈! 저한테 해 준 공도 모르고.

에드먼드  말이 나왔으니 아버지가 지금 저를 위해 하고 있
        는 일에 대해 얘기해 보죠!

타이론   (다시 찔리는 표정이 되어, 아들의 말을 못 들은 척하
        고) 네 어머니가 독만 들어가면 늘어놓는 말도 안
        되는 비난을 너한테까지 들어야 되겠니? 난 네 어
        머니, 억지로 끌고 다닌 적 없다. 당연히 함께 있
        고는 싶었지. 네 어머니를 사랑했으니까. 네 어머
        니가 따라다닌 건 나를 사랑해서, 나와 함께 있고
        싶어서였어. 네 어머니가 제정신이 아닐 때 뭐라
        고 떠들든 진실은 그거야. 그리고 네 어머닌 쓸쓸
        할 이유가 없었어. 본인만 원하면 극단 사람들과
        언제든지 말동무를 할 수 있었으니까. 게다가 너
        희들도 있었잖니. 내가 우겨서 돈을 들여 유모까
        지 데리고 다녔어.

에드먼드  (신랄하게) 그래요. 아버지가 돈을 아끼지 않은 건
        그거 하나였죠. 아버진 어머니가 우리한테만 신
        경 쓰는 게 질투가 났으니까요. 우리가 거치적거
        리는 게 싫었으니까요! 그것도 실수였어요! 만일
        어머니 혼자 저를 보살펴야 했다면 다른 생각할
        겨를이 없어서…….

타이론   (그 말에 앙심을 품고) 너 자꾸 그렇게 네 어머니가 제
        정신이 아닐 때 하는 말들을 갖고 따지니까 내가 하
        는 말인데, 네 어머닌 말야, 너만 태어나지 않았으
        면……. (자신이 부끄러워져서 얼른 말을 끊는다.)

에드먼드    (갑자기 지치고 비참한 모습이 되어) 그럼요. 어머니
가 그런 생각을 하는 거 저도 알아요, 아버지.

타이론    (참회하면서 항변한다.) 아니다! 네 어머닌 그 어떤
어머니 못지않게 널 사랑해! 이 아비가 홧김에 헛
소리를 하고 말았구나. 네가 지나간 일을 들추면
서 아비가 미우니 어쩌니 하면서 부아를 돋우는
바람에 그만……

에드먼드    (힘없이) 저도 진심으로 한 말은 아니었어요, 아버
지. (갑자기 미소를 지으며 약간 취기 어린 소리로 농
담을 한다.) 저도 어머니를 닮아서 아버지를 좋아
하지 않을 수가 없어요. 그 모든 일들에도 불구하
고.

타이론    (약간 취기 어린 얼굴로 빙긋 웃어 주며) 나도 너한
테 같은 말을 해야겠구나. 넌 아들로선 그저 그렇
지. 그러니 "변변치는 못해도 내 것이니"에 해당되
겠지. (두 사람은 취한 상태에서나마 진심으로 애정을
가지고 킬킬 웃는다. 타이론, 화제를 돌린다.) 이거 게
임은 어떻게 된 거냐? 누구 차례야?

에드먼드    아버지 차례일 거예요. (타이론이 카드 한 장을 내
려놓자 에드먼드가 그것을 받는다. 그러나 게임은 다
시 잊혀진다.)

타이론    아까 병원에서 들은 얘기 때문에 너무 낙담하면
안 된다. 의사 둘이 다 장담했어. 거기 들어가서
시키는 대로만 하면 육 개월 안에 낫는다고. 길어

야 일 년이란다.

에드먼드 　(다시 표정이 굳어진다.) 속일 생각 마세요. 아버지
　　　　　도 안 믿으면서.

타이론 　(지나치게 열을 내며) 왜 안 믿어, 당연히 믿지! 하디 선
　　　　　생만 그런 게 아니라 전문의도 그랬는데 왜……?

에드먼드 　아버진 제가 죽을 거라고 생각하잖아요.

타이론 　헛소리! 너 미쳤구나!

에드먼드 　(더욱 씁쓸하게) 그러니 뭐 하러 돈을 낭비해요?
　　　　　그래서 저를 주립 요양소로…….

타이론 　(죄책감에 당황해서) 주립 요양소라니? 내가 알기
　　　　　론 힐타운 요양소야. 두 의사가 다 너한테 딱 맞
　　　　　는 데라고 그러더라.

에드먼드 　(냉혹하게) 돈이 안 드니까요! 거긴 무료거나 거의
　　　　　무료일 거예요. 거짓말 마세요, 아버지! 힐타운 요
　　　　　양소가 주립 시설이란 걸 아버지가 모르긴 왜 몰
　　　　　라요! 아버지가 또 하디 선생한테 양로원 타령을
　　　　　했잖아요. 형이 다 알아냈어요.

타이론 　(씩씩거리며) 그 주정뱅이 건달놈! 당장 내쫓아 버
　　　　　려야지! 그놈은 네가 말귀를 알아듣기 시작하면
　　　　　서부터 너를 붙들고 아비 욕만 했어!

에드먼드 　주립 요양소 얘기는 사실이잖아요, 안 그래요?

타이론 　그건 네가 잘못 아는 거야! 주에서 운영하면 뭐
　　　　　가 어때? 나쁠 거 하나 없어. 주에 돈이 많아서
　　　　　사립보다 시설도 더 좋게 해 놨어. 그 혜택을 왜

못 봐? 내 권린데. 네 권리고. 우린 주민이니까. 난 지주야. 그런 시설이 다 우리 돈으로 운영되는 거라고. 내가 세금을 얼마나 많이…….

**에드먼드**  (신랄하게 비꼬며) 그렇죠. 25만 달러 상당의 땅인데.

**타이론**  헛소리! 다 저당 잡힌 거야.

**에드먼드**  하디 선생이랑 그 전문의도 아버지 재산이 얼마나 되는지 다 알고 있어요. 아버지가 양로원 타령을 하면서 저를 자선 기관에 맡기고 싶은 뜻을 비추었을 때 그들이 아버지에 대해 어떻게 생각했을지 궁금하네요!

**타이론**  헛소리! 난 땅만 가졌지 가난뱅이라 백만장자들이나 가는 요양소에 보낼 형편은 못 된다고만 했어. 그게 사실이고!

**에드먼드**  그리고 나서 클럽에 가서 맥과이어한테 넘어가서 또 땅을 샀고요! (타이론이 부인하려고 하자) 거짓말할 생각 마세요! 아까 호텔 바에서 맥과이어를 만났으니까. 형이 아버지한테 한 건 올렸냐고 농담하니까 눈을 찡끗하면서 웃더라고요!

**타이론**  (자신 없이 거짓말을 한다.) 그런 말을 했다면 거짓말이고…….

**에드먼드**  거짓말 마세요! (점점 맹렬하게) 제발요, 아버지. 저도 배를 타고 바다에 나가 제 손으로 벌어먹고 살게 되면서, 박봉을 위해 중노동을 하는 것이 어떤 건지, 빈털터리가 돼서 쫄쫄 굶으면서 공원 벤치에서 쪼그리고 자는 게 어떤 건지 알게 되면서 아버지를 이해하려고 애썼어요. 아버지가 어릴 때 고생했다는 걸 알고 있었으니까요. 아버지 입장에서 생각해 보려고 애썼다고요. 이 빌어먹을 집 구석에선 그렇게 이해를 해 줘야지 안 그러면 돌아 버리죠! 제가 했던 미친 짓들이 떠올라서 괴로우면 자신에게도 관대해지려고 애썼죠! 그리고 아버지에 대해서도 돈 문제에 대해서만큼은 어쩔 수가 없는 분이라고 이해하려고 애썼어요. 어머니처럼요. 하지만 이번 일은 너무 지나쳐요! 정말 구역질이 난다고요! 저한테 그런 식으로 인색하게 구는 게 섭섭해서가 아니에요. 그런 건 상관없어요! 저도 제 방식으로 아버지한테 못되게 굴었던 게 한두 번이 아니니까요. 하지만 폐병 걸린 아들 일인데 온 동네 사람들 앞에서 그렇게 돈이 아까워서 벌벌 떠는 노랭이 짓을 해야겠어요? 하디 선생이 동네방네 다 떠들고 다닐 걸 모르세요? 아버진 도대체 자존심도 없고 부끄러운 것도 몰라요? (분노가 폭발해서) 제가 그냥 넘어갈 줄 알아요? 아버지 땅 살 돈 아껴 주려고 주립 요양소 같은 데 들어갈 줄 아냐고요! 이 지독한 노랭이 영감……! (목이 메어 쉰 소리가 나오고 목소리가 분노로 떨리더니 갑자기 발작적인 기침을 해 댄다.)

**타이론** (아들의 공격에 분노보다 회오가 더 커서 움츠러들어

있다가 더듬거리며 말한다.) 조용히 해라! 그런 소리
마! 넌 취했어! 그러니 언짢게 여기지 않으마. 기
침 좀 그쳐야지. 아무것도 아닌 일로 흥분하는구
나. 누가 꼭 힐타운에 가랬어? 네가 가고 싶은 데
로 가. 돈은 얼마가 들건 상관없어. 네 병만 나으
면 돼. 그리고, 난 의사들한테 멋대로 등쳐 먹을
수 있는 백만장자로 보이기 싫어서 그런 것뿐이니
까 지독한 노랭이라고 부르지 마라. (기침을 그친
에드먼드는 아프고 쇠약해 보인다. 타이론, 겁먹은 눈
길로 그런 아들을 보면서) 기운이 하나도 없어 보이
는구나. 한잔하는 게 좋겠다.

**에드먼드**  (술병을 들고 잔에 가득 따르며 가냘픈 목소리로) 고
마워요. (위스키를 꿀꺽꿀꺽 마신다.)

**타이론**  (술병이 빌 때까지 한 잔 가득 따른 다음 마신다. 고개
를 떨구고 탁자 위의 카드들을 멍하니 본다. 몽롱하게)
누구 차례지? (노기 없이 멍한 상태로 말을 잇는다.)
지독한 노랭이 영감이라. 그래, 어쩌면 네 말이 맞
는지도 모르지. 어쩌면 구제불능인지도 몰라. 돈
이 좀 생긴 뒤로는 술집에서 다른 사람들 술값까
지 내주면서 펑펑 돈을 쓰고 못 갚을 게 뻔한 인
간들한테 돈을 빌려주고 그러면서 살았지만…….
(헤벌어진 입에 자조적인 냉소를 띠고) 물론 그건 술
집에서 잔뜩 취해 있을 때 얘기지. 집에서 맨정신
으로 있을 때는 도저히 그게 안 돼. 돈 귀한 걸 배

운 것도 집에서고 늙어서 양로원 들어가는 걸 겁
내게 만든 것도 집에서였으니까. 그런 걸 알게 된
후로는 운이란 걸 믿을 수가 없었지. 갑자기 운
이 바뀌어 가진 걸 다 잃게 될까 봐 항상 두려웠
어. 그래도 땅은 많이 가질수록 안심이 되거든. 이
치에 맞지 않는 얘긴지는 몰라도 난 그렇다. 은행
이 망하면 돈은 날아가는 거지만 땅은 어디 가
는 게 아니니까. (갑자기 상대를 깔보는 목소리로 변
하며) 너 아까, 고생이 뭔지, 아비가 어렸을 때 얼
마나 힘들었겠는지 알겠더라고 했지. 알긴 개뿔을
알아! 네가 어떻게 알아? 부족한 거 없이 컸는데.
유모에, 학교에, 대학까지 보내 줬잖아. 중간에 그
만둬서 그렇지. 먹을 걸 못 먹었나, 입을 걸 못 입
었나. 하기야 노동을 좀 해 보긴 했지. 외국 땅에
서 돈 한 푼 없이 고생도 좀 했고. 그건 내가 높이
산다. 하지만 그건 어디까지나 낭만이고 모험이었
어. 재미 삼아서 해 본 거였다고.

**에드먼드**   (멍하니 비꼰다.) 그래요. 특히 '지미 더 프리스트'에서
자살 기도를 했다가 진짜 죽을 뻔했을 때는요.[18]

**타이론**   그때 넌 제정신이 아니었다. 내 아들이라면 절대
그런 짓은…… 넌 취한 상태였어.

---

18) 실제로 유진 오닐은 1911년에 맨해튼에 있는 술집 겸 간이 숙소인 '지미
더 프리스트'에서 수면제를 먹고 자살을 기도했다.

**에드먼드**   아주 말짱했어요. 그게 문제였죠. 너무 오래전부터 생각을 멈췄으니까요.

**타이론**   (술기운에 괴팍해져서) 무신론자의 병적인 철학이 또 나오는구나! 듣고 싶지 않으니까 그만둬. 내 말 뜻은……. (냉소적으로) 네가 돈 무서운 걸 어떻게 알아? 나 열 살 먹어서 우리 아버지가 어머니를 버리고 아일랜드로 돌아갔어. 고향에 가서 죽겠다고. 가서 바로 죽었지. 벌받은 거야. 지옥 불구덩이에나 떨어졌으면 좋겠다. 쥐약을 밀가루나 설탕 뭐 그런 건 줄 알고 잘못 먹었다나 뭐라나. 실수로 잘못 먹은 게 아니란 소문도 있었지만 그건 다 헛소리야. 우리 집안에는 그런 짓을 할 사람이…….

**에드먼드**   틀림없이 실수가 아니에요.

**타이론**   또 그 병적인 소리! 네 형이 널 이렇게 물들여 놓은 거야. 걘 매사에 나쁜 쪽으로만 생각하고 그걸 진실이라고 여기니까. 그 얘긴 그만두자. 그래서 우리 어머니는 나랑 나보다 몇 살 위였던 누나랑 어린 동생 둘, 이렇게 올망졸망한 자식 넷을 데리고 낯선 땅에서 살아야 했지. 형 둘은 이미 타지로 떠났고 우리를 도울 형편이 못 됐어. 자기들 입에 풀칠하기도 어려웠으니까. 그런 가난에 낭만이 어딨어. 헛간 같은 집에서 두 번이나 쫓겨났다. 어머니의 몇 가지 되지도 않는 가구들이 길바닥에 내팽개쳐지고 어머니와 누이들은 서럽게 울었지. 난 그래도 집안의 가장이라고 눈물을 보이지 않으려고 애썼지만 울지 않을 수가 없더구나. 겨우 열 살이었으니까! 그 뒤로 학교도 못 다녔다. 기계 공장에서 하루 열두 시간씩 일하면서 서류철 만드는 걸 배웠지. 천장이 새서 빗물이 뚝뚝 떨어지는 더러운 헛간 같은 데서, 여름에는 찌는 듯이 덥고 겨울에는 난로도 안 때서 손이 곱고, 빛드는 데라곤 지저분한 작은 창 두 개뿐이라 흐린 날에는 서류철이 안 보여서 얼굴이 서류철에 닿을 정도로 잔뜩 구부리고 일을 했지! 그런데 네가 일 얘기를 해! 그렇게 일해서 내가 얼마를 받았는지 알아? 주급 50센트였어! 사실이다. 주급 50센트! 불쌍하신 어머니는 낮에 미국 사람들 집에 가서 빨래랑 청소를 하고, 누나는 재봉일을 하고, 어린 동생들은 집을 봤지. 그렇게 헐벗고 굶주리며 살았다. 그러다 어느 추수감사절에, 아니면 크리스마스 때였던가, 어머니가 빨래를 해 주던 미국 사람 집에서 명절이라고 1달러를 더 줬는데, 어머닌 집에 돌아오는 길에 그 돈으로 몽땅 먹을 걸 사셨지. 그때 어머니가 우리를 부둥켜안고 키스를 하시며 피곤에 지친 얼굴에 기쁨의 눈물을 흘리며 하시던 말씀이 아직도 생각나. "이렇게 고마울 데가! 우리 식구가 생전 처음 배불리 먹어

보겠구나!" (눈물을 닦으며) 훌륭하고 용감하고 상냥한 분이셨지. 그렇게 용감하고 훌륭한 분은 없었어.

**에드먼드**  (감동해서) 그래요, 그러셨을 거예요.

**타이론**  한 가지 어머니가 겁내셨던 건 늙고 병들어서 양로원에서 죽는 거였지. (잠시 사이를 두고—악의에 찬 농담을 한다.) 바로 그 시절에 구두쇠 버릇이 생긴 거다. 그때는 1달러가 너무 큰 돈이었으니까. 버릇이란 일단 몸에 배면 고치기가 힘들지. 자꾸 싼 것만 찾게 돼. 그러니까 내가 값이 싸서 주립 요양소를 골랐다고 하더라도 네가 이해를 해 줘야 돼. 그리고 진짜로 의사들이 거기가 좋은 데라고 했어. 믿어다오, 에드먼드. 네가 싫다면 절대 억지로 보낼 생각은 없었다. (열띤 목소리로) 가고 싶은 데로 마음대로 골라! 비용 같은 건 걱정하지 마라! 어떤 데라도 보내 줄 수 있으니까. 너만 좋다면 어디라도, 무리가 안 되는 선에서. (이 조건에 에드먼드의 입술이 쓴웃음으로 씰룩거린다. 그는 더 이상 분노하고 있지 않다. 타이론, 무심코 생각난 것처럼 꾸며서 얘기한다.) 전문의가 다른 요양소도 한 군데 권하더라. 국내 어느 요양소 못지않게 치료 성적이 좋은 데라고 말야. 돈 많은 공장주 단체에서 기금을 모아서 자기네 직원들을 위해서 운영하는 곳인데, 너도 이곳 주민이니까 자격이 된다고 하더라. 그 단체는 돈을 쌓아 놓고 있기 때문에 싸게 받는단다. 일주일에 겨우 7달러래. 그 열배 가치는 해 주면서. (황급히) 너를 설득하고 싶은 생각은 없으니 오해 마라. 그냥 들은 대로 말하는 것뿐이야.

**에드먼드**   (미소를 감추며 아무렇지도 않게) 알아요, 아버지. 괜찮은 것 같네요. 거기로 가고 싶어요. 그럼 해결됐네요. (갑자기 다시 비참할 정도로 절망하며, 멍하니) 어쨌든, 이제 그런 건 상관없어요. 그 얘기 그만 해요! (화제를 돌린다.) 게임은 어떻게 된 거죠? 누구 차례죠?

**타이론**   (기계적으로) 모르겠다. 내 차례 같은데. 아니, 네 차례야. (에드먼드, 카드를 낸다. 타이론, 그 카드를 받는다. 그는 게임을 계속하려다가 다시 딴 생각에 빠진다.) 그래, 어쩌면 인생의 교훈이 너무 지나쳐서, 그래서 돈의 가치를 너무 크게 생각하는 바람에 결국 배우 인생을 망치게 된 건지도 모르지. (슬프게) 이건 누구한테도 인정한 적이 없다만 오늘 밤은 너무 가슴이 아프고 인생이 다 끝난 기분이라…… 공연히 자존심 세우고 아닌 척해야 무슨 소용이겠니. 거저 얻다시피 한 그 빌어먹을 작품이 흥행에 엄청나게 성공하는 바람에 그걸로 쉽게 돈을 벌 수 있겠다는 생각으로 내 손으로 무덤을 파고 만 거야. 다른 작품은 하고 싶지도 않왔지. 나중에 정신을 차리고 내가 그놈의 것의 노예가 된 걸 깨달은 뒤 다른 작품들을 시도해 봤지만 너무 늦은 뒤였어. 그 역의 이미지가 너무 굳어져서 다른 역할이 먹히질 않는 거야. 당연하지. 몇 년 동안 편하게 한 역만 하면서 다른 역은 해 보지도 않고 노력도 안 하다 보니 예전의 그 뛰어난 재능을 잃고 말았으니까. 식은 죽 먹기로 시즌당 3만 5천에서 4만 달러씩 순이익이 나는데 그 유혹을 차마 뿌리칠 수가 없더구나. 그 빌어먹을 작품을 시작하기 전에는 미국에서 세 손가락, 네 손가락 안에 드는 전도유망한 배우로 인정을 받았었는데 말야. 그건 피눈물 나는 노력의 결과였지. 연극이 좋아서 기계공이라는 안정된 직업도 포기하고 단역 배우로 뛰어들었으니까. 그땐 야망에 불탔었지. 희곡이란 희곡은 죄다 읽었어. 셰익스피어를 성경 공부하듯 공부했지. 독학으로 말야. 아일랜드 사투리도 싹 없앴지. 난 셰익스피어를 사랑했어. 그의 작품이라면 돈을 못 받아도 하고 싶어했지. 그의 위대한 시 속에서 사는 기쁨만으로도 족했으니까. 그리고 난 그의 작품을 할 때 연기를 잘했어. 그에게서 영감을 얻는 것 같았지. 그렇게 계속했더라면 훌륭한 셰익스피어 전문 배우가 될 수도 있었을 거야. 그럼! 1874년도에 에드윈 부스가 당시 내가 주연을 맡고 있던 시

카고의 극장에 왔었지. 하루는 내가 시저, 그분이 브루투스, 이튿날은 내가 브루투스, 그분이 시저, 내가 오셀로, 그분이 이야고 하는 식으로 무대에 섰지. 내가 오셀로 역을 하던 첫날 그분이 극장 지배인한테 뭐랬는 줄 아니. "저 젊은 친구는 나보다 오셀로 역을 더 잘하는군!"(자랑스럽게) 당대의, 아니 불후의 명배우 부스가 말야! 그건 사실이었지! 그때 내 나이 겨우 스물일곱이었어! 이제 돌이켜 보면 그날 밤이 내 배우 인생의 정점이었지! 원하는 곳에 서 있었으니까! 그 후로 한동안은 높은 야망을 품고 전진했지. 네 어머니랑 결혼도 하고. 내가 그때 어땠는지 네 어머니한테 물어봐라. 네 어머니의 사랑은 내 야망을 더욱 부채질했지. 그런데 몇 년 있다가 행운의 탈을 쓴 불행이 엄청난 돈벌이 기회를 가져다준 거야. 처음엔 그렇게 될 줄 몰랐어. 그저 내가 다른 누구보다 잘 해낼 수 있는 로맨틱한 멋진 역일 뿐이었지. 그런데 처음부터 흥행에 대성공을 거둔 거야. 운명의 장난이 시작되었던 거지. 한 시즌 순이익이 3만 5천에서 4만이었으니 당시로서는 어마어마한 돈이었지. 요즘으로 봐도 마찬가지고. (통렬하게) 도대체 그 돈으로 뭘 사고 싶어서 그랬는지……. 하기야, 이제 와서 무슨 상관이냐. 후회해도 때는 늦었지. (멍하니 손에 쥔 카드를 보면서) 내 차례

맞지?

에드먼드 (감동을 받아 이해의 눈길로 아버지를 바라보며 천천히) 잘 말씀하셨어요. 이제 아버지를 훨씬 잘 이해하게 됐어요.

타이론 (취기 어린 일그러진 미소를 지으며) 괜히 말했는지도 모르지. 네가 이 아비를 더 경멸하게 만든 건지도 몰라. 게다가 이런 얘기로는 돈의 가치를 가르쳐 줄 수도 없잖아. (이 말이 자동적으로 습관적인 연상 작용을 일으킨 듯 못마땅한 눈길로 샹들리에를 흘낏 올려다본다.) 쓸데없이 불이 너무 밝아서 눈이 아프구나. 저 불 좀 꺼도 괜찮지, 응? 저것까지 켜 놓을 필요가 어딨어. 괜히 전기 회사 좋은 일만 시켜 주는 거지.

에드먼드 (터져 나오려는 웃음을 억누르며 쾌히) 그럼요. 끄세요.

타이론 (약간 비틀거리며 힘에 겨운 듯 일어나서 스위치를 더듬어 찾는다. 그러다 아까 했던 생각이 되살아나서) 도대체 그 돈으로 뭘 사고 싶어서 그랬던 건지 모르겠어. (딸각 소리를 내며 전구 하나를 끈다.) 난 말이다, 에드먼드. 훌륭한 배우로 성공만 했더라면, 그래서 그 추억에 젖어 살 수만 있다면 하늘에 맹세코, 내 이름으로 땅 한 뙈기 없어도 좋고 은행에 저금 한 푼 없어도 좋다. (또 하나를 끈다.) 집도 없이 늙어서 양로원으로 가도 좋아. (세 번째 전구를 끄자 이제 독서등만 남는다. 타이론, 다시 의자에 털썩 앉는다. 에드먼드, 더 이상 참지 못하고 억눌린 냉소적인 웃음을 터뜨린다. 타이론, 기분이 상해서) 대체 왜 웃는 거냐?

**에드먼드**  아버지보고 웃는 거 아니에요. 인생이 우스워서요. 인생이 지랄 같잖아요.

**타이론**  (성을 내며) 또 그놈의 병적인 소리! 인생은 잘못된 거 하나 없어. 다 우리가……. (연극 대사를 인용하여) "여보게 브루투스, 우리가 부하가 된 잘못은 우리 운명에 있는 게 아니라 우리 자신에게 있는 걸세."[19] (잠시 사이를 두고—슬프게) 내 오셀로 역에 대해서 에드윈 부스가 해 준 칭찬 말이다. 난 극장 지배인한테 그 말을 그대로 써 달라고 했지. 그래서 몇 년 동안 지갑에 넣고 다녔어. 틈만 나면 꺼내 읽었었는데 나중엔 그걸 보면 가슴이 무너져서 더 이상 볼 수가 없더구나. 그걸 어디 뒀더라? 집 안 어디에 있을 거야. 어디 잘 둔다고 뒀는데…….

**에드먼드**  (뒤틀리고 비꼬인 비애에 젖어) 다락방 낡은 트렁크 안에 있겠죠. 어머니의 웨딩드레스랑 같이. (아버지가 노려보자 얼른 덧붙인다.) 제발 부탁인데, 게임 계속하시려면 게임이나 하자고요. (아버지가 낸 카드

---

19) 셰익스피어의 『줄리어스 시저』 1막 2장에서 캐시어스가 시저 암살 음모에 브루투스를 끌어들이기 위해 설득하는 말.

를 받고 먼저 시작한다. 한동안 두 사람은 마치 체스 로
봇처럼 기계적으로 게임을 계속한다. 그러다 타이론이 2
층에서 나는 소리에 귀를 기울이며 게임을 멈춘다.)

**타이론**  아직도 돌아다니고 있어. 대체 언제 자려고 저러
는 건지.

**에드먼드**  (절박하게 애원하며) 제발요, 아버지, 신경 끄세요!
(술병으로 손을 뻗어 술을 한 잔 따른다. 타이론, 말리
려다가 포기한다. 에드먼드, 술을 마신다. 잔을 내려놓
는다. 표정이 변한다. 일부러 취기에 젖어 감상적인 태
도 뒤에 숨고 싶어 하는 것처럼 떠들기 시작한다.) 그
래요, 어머닌 위에서 과거 속을 헤매는 유령이 되
어서 돌아다니고, 우린 여기 앉아서 신경 안 쓰는
척하면서도 잔뜩 귀를 세우고 추녀 끝에서 안개
떨어지는 소리까지 듣고 있죠. 태엽 풀린 시계의
불규칙한 똑딱 소리 같은, 아니면 싸구려 술집 테
이블에 고인 김빠진 맥주 위에 매춘부가 쓸쓸한
눈물을 후두둑 떨구는 소리 같은 그 소리를! (감
상적으로 만족해서 웃는다.) 괜찮죠? 끝 부분이. 제
창작이에요. 보들레르 것이 아니라. 정말이라니까
요! (술기운에 수다스러워져서) 아버지께서 인생의
정점 얘길 하셨으니 제 인생의 정점들에 대해서
도 얘기해 볼까요? 다 바다와 관련돼 있어요. 우
선 하나는, 부에노스아이레스로 가는 스칸디나비
아 범선을 탔을 때였어요. 무역풍이 불고 보름달

이 떴었죠. 그 배는 14노트의 속력으로 가고 있었어요. 전 뱃머리 사장[20]에 누워 고물 쪽을 바라보고 있었고, 제 아래로는 물거품이 일고, 위로는 달빛을 받아 하얗게 빛나는 돛들이 높이 솟아 있었어요. 전 그 아름다움과 노래하는 듯한 리듬에 취해 한동안 몰아지경에 빠졌죠. 인생을 다 잊은 거예요. 해방이 된 거죠! 바다에 녹아 들어 흰 돛과 흩날리는 물보라가 되고, 아름다움과 리듬이 되고, 달빛과 배와 희미한 별들이 박힌 높은 하늘이 됐어요! 전 과거에도 미래에도 속하지 않고 평화와 조화와 미칠 듯한 환희에 속해 있었어요. 제 삶, 아니 인간의 삶, 아니 삶 그 자체보다 더 위대한 무언가에! 아버지가 원하신다면 신이라고 해도 좋아요. 그리고 또 한번은 아메리카 정기선에 서였는데, 돛대 위 망대에 올라가 새벽 당직을 서고 있었죠. 그땐 바다가 잔잔했어요. 나른하게 넘실대는 파도 위에서 배가 졸릴 정도로 천천히 흔들리고 있을 뿐이었죠. 승객들은 모두 잠들고 승무원들도 눈에 띄지 않았죠. 인간의 소리라곤 들리지 않았어요. 제 뒤와 아래에 있는 굴뚝들이 검은 연기를 토해 내고 있었어요. 전 망보던 것도 잊고 그 위에서 홀로 쓸쓸히 꿈을 꾸었죠. 함께 잠

___

20) 뱃머리에서 앞으로 튀어나온 돛대 모양의 둥근 나무.

들어 있는 하늘과 바다 위로 여명이 마치 채색
된 꿈처럼 살그머니 퍼져 나가는 광경을 지켜보
면서 말예요. 그때 황홀한 해방의 순간이 온 거예
요. 평화, 탐색의 끝, 마지막 항구, 인간의 더럽고
비참하고 탐욕스런 공포와 희망과 꿈들을 초월한
성취가 주는 환희! 그런 순간들은 몇 번 더 있었
죠. 바다 멀리 헤엄쳐 나갔을 때, 해변에 홀로 누
워 있을 때에도 그런 체험을 했어요. 태양이 되
고, 뜨거운 모래가 되고, 바위에 붙어 파도에 흔
들리는 초록의 해초가 되는 거죠. 성자들이 보는
지복(至福)이라고 할까요, 보이지 않는 손이 만물
의 베일을 벗기는 순간이라고 할까요. 한순간 우
리는 만물의 신비를 보고, 그러면서 자신도 신비
가 되는 거죠. 순간적으로 의미가 생기는 거예요!
그러다 그 손이 도로 베일을 덮으면 다시 혼자 안
개 속에서 길을 잃고 목적지도, 그럴듯한 이유도
없이 비틀거리며 헤매는 거죠! (쓴웃음을 지으며)
전 인간으로 태어나지 말았어야 했어요. 갈매기
나 물고기였더라면 훨씬 좋았을 거예요. 인간이
되는 바람에 항상 모든 것이 낯설기만 하고, 진정
으로 누구를 원하지도, 누가 진정으로 원하는 대
상이 되지도 못하고, 어디 속하지도 못하고, 늘
조금은 죽음을 사랑할 수밖에 없게 된 거죠!

타이론　(감동해서 아들을 응시하며) 그래, 넌 시인의 소질이 있어. (그런 뒤 걱정이 되어 못마땅한 소리를 한다.) 하지만 원하는 대상이 못 된다느니 죽음을 사랑한다느니 하는 건 병적인 헛소리야.

**에드먼드** (냉소적으로) 시인의 소질이라고요! 아뇨, 유감스럽게도 전 노상 담배 구걸이나 하는 인간들과 다를 게 없어요. 그런 인간들은 소질조차도 없죠. 그냥 습관만 든 거지. 방금도 아버지께 하고 싶은 말은 따로 있었는데 그 근처에도 못 갔어요. 그냥 더듬거린 것뿐이에요. 전 기껏해야 그 짓이나 하고 살겠죠. 살아남는다면 말예요. 그래도 최소한 충실한 사실주의라고는 할 수 있겠네요. 말 더듬기는 우리 안개 인간들에겐 타고난 웅변술이니까요. (사이. 집 밖 현관 계단에서 누가 걸려 넘어지는 것 같은 소리가 들리자 두 사람은 놀라서 움찔한다. 에드먼드, 히죽거리며) 저 소린 집을 비웠던 형인 것 같군요. 잔뜩 취한 모양이네요.

**타이론** (인상을 쓰면서) 저 건달놈! 결국 막차를 잡아탔군. 빌어먹을 차 같으니. (일어서며) 재워라, 에드먼드. 난 베란다에 나가 있을 테니까. 술 취하면 아무 말이나 막 하는 놈이라 공연히 울화통만 터져. (제이미가 들어와서 현관문을 꽝 닫자 그는 옆 베란다로 나간다. 에드먼드, 앞 응접실을 거쳐 흔들흔들 들어오는 형을 재미있다는 듯 지켜본다. 제이미, 거실로 들어선다. 잔뜩 취해서 멍하니 서 있다. 눈동자는 풀리

고, 얼굴은 붓고, 발음은 불분명하고, 아버지처럼 입이
헤벌어지고 입술에 심술궂은 미소가 떠돈다.)

제이미　(문간에 흔들거리며 서서 눈을 끔뻑거리며 요란한 소
리로) 허허! 허허!

에드먼드　(날카롭게) 큰 소리 내지 마!

제이미　(동생을 힐끔 보며) 여어, 꼬맹이. (정색을 하고) 나
곤죽으로 취했다.

에드먼드　(냉소적으로) 대단한 비밀을 알려 줘서 고맙군.

제이미　(바보같이 실실 웃으며) 그래. 쓸데없는 정보 1호라,
이거지? (몸을 굽히며 자기 무릎을 찰싹 때린다.) 심
각한 사고였어. 현관 계단이 나를 짓뭉개려고 그
러잖아. 안개 속에 잠복해 있다가 말야. 저기 등
대 하나 놔야겠어. 여기도 어둡네. (인상을 쓰며)
이게 뭐야, 여기가 시체실이야? 해부용 시체에 불
을 비추자. (키플링의 시를 읊으며 흔들흔들 탁자로
향한다.)

　　　여울, 여울, 카불 강의 여울,
　　　어둠 속의 카불 강의 여울!
　　　말뚝만 따라가면, 어둠 속에서도
　　　카불 강의 여울을 안전하게 건너리.

(더듬더듬 가까스로 샹들리에의 전구 세 개를 켠다.)
이래야지. 가스파르 영감을 타도하라. 노랭이 영

192

감 어디 갔니?

에드먼드　베란다에.

제이미　설마 우리보고 캘커타의 지하 감옥[21] 같은 데서 살라는 건 아니겠지. (가득 찬 위스키 병에 시선이 박힌다.) 어라! 내 눈에 헛것이 보이나? (더듬더듬 손을 뻗어 술병을 잡는다.) 이거 진짜네. 오늘 밤 노인네가 어떻게 된 거 아냐? 술병을 내놓은 채 나가다니 꽤나 취한 모양이군. 기회는 놓치지 말라. 내 성공의 열쇠지. (잔이 철철 넘치도록 술을 따른다.)

에드먼드　안 그래도 잔뜩 취했는데 그러다 뻗겠어.

제이미　아이들 입에서 지혜가 나온다더니. 건방 떨지 마, 꼬맹아. 머리에 피도 안 마른 녀석이. (잔을 조심스레 쳐들고 의자에 앉는다.)

에드먼드　좋아. 뻗고 싶으면 뻗어.

제이미　그게 안 돼. 바로 그게 문제지. 아무리 퍼마셔도 정신은 말짱해. 이걸 마시면 혹시 모르지. (마신다.)

에드먼드　병 좀 밀어. 나도 한잔하게.

제이미　(갑자기 형답게 걱정하며 술병을 잡는다.) 아냐. 넌 안 돼. 내 앞에서는 안 돼. 의사 말 명심해. 네가 죽거나 말거나 아무도 신경 안 쓴다고 해도, 난 달라. 내 동생, 꼬맹아, 나 너 많이 사랑한다. 다른 건 다 잃었어.

---

21) 1756년 6월, 146명의 영국인 포로 중 123명이 더위와 산소 부족으로 하룻밤 사이에 사망한 사건으로 악명 높은 감옥.

이제 나한테 남은 건 너뿐이야. (술병을 더 가까이 끌어당기며) 그러니까 너한텐 술 안 줄 거야. (그의 취기 어린 감상 속에 진실함이 들어 있다.)

에드먼드 (짜증스럽게) 그런 소리 집어치워.

제이미 (마음이 상해서 표정이 굳어진다.) 내가 걱정하는 걸 안 믿는구나, 응? 주정뱅이 헛소리다 이거지. (술병을 동생에게 민다.) 좋아. 마시고 죽어.

에드먼드 (형이 마음 상한 걸 알고, 애정을 담아) 내가 형 맘을 왜 몰라. 이제 술 끊을 거야. 하지만 오늘 밤은 예외야. 오늘은 안 좋은 일이 너무 많았어. (한 잔 따른다.) 자, 마시자고. (마신다.)

제이미 (잠깐 정신을 차리고 연민에 찬 눈길로) 안다, 꼬맹아. 너한테는 지랄 같은 날이었지. (그러곤 냉소적으로) 가스파르는 너한테 술을 금하지 않았겠지. 아마 영세민용 주립 요양소에 들어갈 때 한 상자 들려 보낼걸. 네가 빨리 죽어야 돈이 덜 드니까. (경멸에 찬 증오를 보이며) 그런 인간을 아버지로 두다니! 젠장, 그 인간 얘기를 책으로 쓰면 아무도 안 믿을걸!

에드먼드 (변호하듯) 아버지도 좋은 분이야. 이해하려는 마음으로, 유머 감각을 잃지 않고 보면.

제이미 (냉소적으로) 네 앞에서 눈물 연기를 펼친 모양이구나. 넌 항상 아버지 연기에 넘어가지. 난 아냐. 다신 안 넘어가. (그러곤 천천히) 뭐, 한 가지 불쌍한 게 있긴 있다만. 하지만 그것도 다 자초한 일이지. 자기 잘못이라고. (황급히) 그 얘긴 집어치우자. (다시 몹시 취한 모습이 되어 병을 잡고 한 잔 더 따른다.) 방금 마신 게 술이 오르는걸. 이 잔으로 끝장을 봐야 되는데. 너 그 요양소가 순 싸구려라는 걸 내가 하디 선생한테 알아낸 거 가스파르한테 얘기했니?

에드먼드   (마지못해서) 응. 거기 안 가겠다고 했어. 이제 다 해결됐어. 아버지가 나 가고 싶은 데로 가래. (분노 없이 미소 지으며 덧붙인다.) 물론 무리가 안 되는 선에서.

제이미   (취해서 아버지 흉내를 낸다.) 물론 어디든 좋다. 무리만 안 된다면. (냉소하며) 그러니까 싼 데로 하라는 거지. 「종(鐘)」에 나오는 노랭이 가스파르 영감이랑 똑같아. 그 역은 분장 없이도 할 수 있다니까.

에드먼드   (짜증스럽게) 제발 그만 좀 할 수 없어? 그 가스파르 소리, 백만 번은 들었어.

제이미   (어깨를 으쓱하고, 쉰 목소리로) 좋아. 네가 좋다면 그렇게 하라고 해. 죽어도 네가 죽는 거니까. 내 말은, 그렇게 안 됐으면 한다는 거지.

에드먼드   (화제를 돌리며) 오늘 시내에서 뭐 했어? 메이미 번즈네 갔었어?

제이미   (만취한 상태로 고개를 끄덕인다.) 당연하지. 거기 말

고 어디서 나한테 어울리는 여자와 사랑을 찾을
수 있겠니? 사랑. 사랑을 잊어선 안 된다. 여자의
사랑이 없는 사내는 빈 껍데기에 불과하니까.

**에드먼드**  (긴장을 풀고 취기에 젖어 킬킬 웃는다.) 형은 괴짜야.

**제이미**  (오스카 와일드의 「매춘굴」을 신나게 읊는다.)

그러곤, 내 사랑을 돌아보며, 나는 말했네,
"죽은 자들이 죽은 자들과 춤추고,
먼지가 먼지와 함께 소용돌이치고 있군."

그러나 그녀―그녀는 바이올린 소리를 듣고,
내 곁을 떠나 안으로 들어갔네.
사랑은 욕정의 집으로 들어갔네.

그러자 갑자기 불협화음이 나고,
춤추는 이들은 왈츠에 싫증이 나서……

(뚝 끊고는, 쉰 목소리로) 똑같지는 않아. 내 사랑이
곁에 있었는지는 몰라도 난 안 보였어. 유령이었
나 봐. (사이) 메이미네 아가씨들 중에서 내가 누
구를 골라 여인의 사랑을 즐겼는지 맞춰 봐. 이
말 들으면 너 웃을 거다. 바로 뚱보 바이올렛.

**에드먼드**  (취한 웃음소리를 내며) 설마. 진짜야? 대단한데!
그 여자 한 1톤은 나갈걸. 도대체 왜 그랬어? 장

난으로?

제이미     장난이 아니었어. 아주 진지했지. 메이미네 가게에 도착했을 때쯤, 나 자신과 이 세상의 모든 주정뱅이 건달들이 한심해서 몹시 마음이 서글펐어. 그래서 아무 여자에게나 안겨서 펑펑 울고 싶었지. 왜 알잖아, 위스키 씨가 가슴속에서 감미로운 음악을 연주하면 어떤 기분이 드는지. 그런데 안으로 들어가자마자 메이미가 신세 타령을 늘어놓기 시작하는 거야. 장사가 안 돼서 죽겠다면서 뚱보 바이올렛을 내보내야겠다는 거야. 손님들이 바이올렛을 찾질 않으니까. 그래도 데리고 있었던 건 피아노를 칠 줄 알기 때문이었는데, 요새는 술독에 빠져서 피아노도 못 치고 자기 재산만 축내고 있다는 거야. 바이올렛이 착해 빠지기만 했지 밥벌이도 제대로 못할 위인이라 불쌍하긴 하지만 사업은 사업이고, 뚱뚱한 창녀들을 데리고는 장사를 해 먹을 수 없다는 거야. 그래서 뚱보 바이올렛이 불쌍해서 네가 준 돈에서 2달러나 내고 2층으로 데리고 올라갔지. 흑심 같은 건 없었어. 내가 뚱뚱한 여자를 좋아하는 건 사실이지만 그렇게 뚱뚱한 건 싫거든. 난 그저 인생의 무한한 슬픔에 대해 허심탄회하게 대화나 나누고 싶었지.

에드먼드     (취해서 킬킬거리며) 불쌍한 바이올렛! 키플링에, 스윈번에, 다우슨의 시들을 읊어 대며 "시나라여,

나 그대에게 충실했네, 내 방식대로." 어쩌고 하며 주절댔겠군.

제이미     (헤벌어진 입으로 히죽대며) 당연하지. 위대한 음악가 위스키 씨의 감미로운 음악이 있는데. 바이올렛 말야, 한동안 참고 있더니 화를 내더라고. 내가 장난으로 2층으로 데려간 거라고 생각하고서 말야. 어쩌나 펄펄 뛰면서 소리를 질러 대던지. 자기는 시 나부랭이나 읊는 주정뱅이 건달보단 낫다나. 그러더니 울기 시작하는 거야. 그래서 할 수 없이 그랬지, 네가 뚱뚱해서 좋다고. 그랬더니 그 말을 믿고 싶어 해서 증명을 해 줬지. 그랬더니 또 기분이 좋아져서 나올 때 키스까지 해 주면서 그러더라고. 나한테 홀딱 반했다고. 둘이 현관에서 좀 더 울었지. 만사가 잘 풀렸어. 메이미 번즈가 나를 실성한 놈으로 여긴 걸 빼면.

에드먼드     (조롱하듯 인용한다.)

창녀들과 쫓기는 자들도
그들 나름의 쾌락을 줄 수 있거늘,
속된 무리는 결코 알지 못한다.

제이미     (취기에 젖어 고개를 끄덕이며) 바로 그거야! 그렇게 보면 즐거운 시간이었지. 꼬맹이 너도 이 형이랑 같이 가는 건데. 메이미 번즈가 네 안부 묻더

라. 아프다니까 걱정하더라고. 진심으로. (사이를 두고—감상적인 기분에 빠져 삼류 배우의 과장된 목소리로) 아우야, 이 형은 오늘 밤 하늘이 내린 직업을 발견했다! 연기 따위 쇼하는 물개들한테 돌려줘야지. 물개들이야말로 연기의 대가니까. 이제 나의 천부적인 재능을 발휘할 수 있는 분야에 뛰어들어 성공의 정상에 오르는 거야! 바넘 베일리 서커스단에서 뚱뚱한 여자의 애인으로 나오는 거지! (에드먼드, 소리 내어 웃는다. 제이미, 오만한 태도로 변해서) 쳇! 촌구석 창녀집에서 뚱보한테 안겨 있다니! 왕년에는 브로드웨이 최고의 미녀들이 몸이 달아 따라다니던 몸인데! (키플링의 「방랑자의 세스티나」[22]에서 인용한다.)

　　대체로, 나 안 가본 데 없다네,
　　세계 도처에 이르는 행복한 길들을 다 가 보았네.

(몽롱한 우울에 젖어) 적절한 인용이 아냐. 행복한 길들은 말이 안 돼. 따분한 길들이 맞지. 무(無)로 바로 데려다주는. 내가 간 곳도 바로 거기야. 무(無)의 세계 말이야. 얼간이들은 인정하려 들지 않겠지만, 결국 우리 모두가 가게 되는 곳.

---

22) 6행 6연의 무운시.

**에드먼드**  (조롱하듯) 그만둬! 그러다 울겠어.

**제이미**  (움찔해서 잠시 적의에 찬 눈으로 동생을 노려보다가 쉰 목소리로) 너 그렇게, 그렇게 건방 떨지 마. (그런 다음 느닷없이) 네 말이 맞다. 우는 소리는 집어 치워야지! 뚱보 바이올렛은 좋은 여자야. 같이 있어 주길 잘했지. 기독교도다운 행동이었어. 우울한 마음을 달래 줬으니까. 멋진 시간이었어. 꼬맹이 너도 같이 가는 건데. 걱정이나 털어 버리게. 집에 와 봐야 해결책도 없는 일 때문에 기분만 우울해지지. 다 끝났어, 이제. 아무 희망도 없어! (말을 멈추고 술기운을 못 이겨 고개를 끄덕거리며 눈을 감는다. 그러다 갑자기 얼굴을 들고 굳은 표정으로 조롱하듯 키플링의 『꺼져버린 불빛』의 헌시 「나의 어머니」를 인용한다.)

나 가장 높은 언덕 위에서 교수형을 당할지라도,
어머니, 내 어머니!
누구의 사랑이 내 뒤를 따라올지 나는 압니다……

**에드먼드**  (격하게) 그만 해!

**제이미**  (증오가 담긴 잔인하고 냉소적인 어조로) 마약쟁이는 어디 가셨나? 자러 갔나? (에드먼드, 한 대 맞은 듯 꿈틀한다. 긴장된 침묵이 흐른다. 그는 병색이 짙은, 비탄에 잠긴 얼굴이다. 이윽고 분노가 치밀어 벌떡 일어난다.)

에드먼드 이 더러운 인간! (형의 얼굴에 주먹을 날리지만 광대
뼈를 스치고 만다. 순간적으로 제이미도 싸울 기세로
반쯤 몸을 일으켰다가 뒤늦게 자기가 뱉은 말에 충격
을 받아 술이 확 깬 듯 힘없이 도로 앉는다.)

제이미 (비참하게) 고맙다, 꼬맹아. 내가 맞을 짓을 했어.
왜 그런 소리가 나왔는지 모르겠다. 술김에 그
만…… 너도 알잖아.

에드먼드 (분노가 식으며) 취해서 그런 거 알아. 그래도, 형,
아무리 취했어도 그렇지, 어떻게 그런 말을……!
(사이를 두고―비참하게) 때려서 미안해. 우린 한
번도 싸운 적이 없는데…… 심각하게는. (도로 풀
썩 의자에 앉는다.)

제이미 (쉰 목소리로) 괜찮아. 잘 때렸다. 이 더러운 혀. 잘
라 버리고 싶어. (두 손으로 얼굴을 가리고 멍하니)
너무 절망적인 기분이라 그랬던 것 같다. 이번엔
어머니한테 완전히 속았거든. 진짜 끊을 줄 알았
어. 어머닌 내가 최악의 경우만 믿는다고 하시지
만 이번엔 좋은 쪽으로만 생각하고 있었지. (떨리
는 목소리로) 어머니를 용서할 수 없을 것 같다, 아
직은. 너무 실망이 커서. 이번엔 희망을 갖기 시작
했었거든. 어머니가 이겨 내시면 나도 새로 시작
할 수 있을 거라고. (흐느끼기 시작한다. 끔찍한 건,
취기로 인한 감상적인 눈물이 아니라 맨정신으로 우
는 것처럼 보이는 것이다.)

에드먼드 (눈물을 참으려고 눈을 깜빡거리며) 내가 형 마음을 모르겠어? 그만 해, 형!

제이미 (울음을 그치려고 애쓰며) 난 너보다 훨씬 오래전부터 어머니 일을 알고 있었어. 처음 알게 되었던 날을 도저히 잊을 수가 없어. 주사 놓는 현장을 봤거든. 빌어먹을, 창녀들 빼고 여자가 마약하는 건 상상도 못했었는데! (사이를 두고) 거기다 너까지 폐병에 걸린 거야. 그 바람에 난 무너져 버렸지. 우린 단순한 형제 사이 이상이었으니까. 넌 내 유일한 친구야. 너를 정말 사랑한다. 너를 위해서라면 무슨 일이라도 할 거야.

에드먼드 (손을 뻗어 형의 팔을 토닥이며) 알아, 형.

제이미 (울음을 그치고 얼굴을 가렸던 손을 떨구더니 묘하게 신랄한 어조로) 어머니랑 가스파르 영감이 나보고 최악의 사태만 바란다고 잔소리하는 걸 너도 들었을 거야. 그래서 말인데 너 지금 내가 속으로, 아버지는 늙어서 얼마 못 살 테고 너까지 죽으면 어머니랑 내가 아버지 재산을 다 차지하게 될 테니 은근히…….

에드먼드 (분개해서) 닥쳐, 이 멍청이! 도대체 왜 그런 생각을 하는 거야? (비난하는 눈길로 형을 노려보며) 그래, 바로 그게 알고 싶어. 왜 그런 생각이 든 거지?

제이미 (당황하여, 다시 취기를 나타내며) 이 바보야! 말했잖아! 나는 최악의 사태만 바란다는 의심을 받는 놈이라고. 그래서 이제 나도 어쩔 수가……. (술김에 화를 내며) 너 나한테 지금 뭐 하는 거야, 비난하는 거야? 내 앞에서 잘난 체하지 마! 넌 평생 가야 나만큼 인생을 몰라! 유식한 글깨나 읽었다고 사람 우롱할 생각 마! 넌 덩치만 컸지 어린애야! 어머니의 아기, 아버지의 귀염둥이! 집안의 기대주! 너 요새 아주 건방져졌어. 별 것도 아닌 것 같고! 촌구석 신문에 시 몇 편 쓴 게 뭐 별 건 줄 아냐! 야, 나도 대학 다닐 때 그보다 나은 작품들을 문학잡지에 냈었어! 그러니까 꿈 깨! 넌 지금 세상에 이름을 떨치고 있는 게 아니니까! 촌구석 얼간이들이 장래가 촉망된다느니 어쩌니 하면서 듣기 좋은 소리로……. (갑자기 자신에 대한 혐오감과 회오에 찬 목소리로 변한다. 에드먼드는 형의 공격을 무시하려고 외면하고 있다.) 젠장, 꼬맹아, 못 들은 걸로 해라. 무시해 버려. 진심으로 한 말이 아니란 거 알지. 네가 잘되기 시작했을 때 난 그 누구보다도 자랑스러웠어. (취해서 단정적으로) 아, 왜 아니겠어? 그것도 순 이기심인데. 네가 잘되면 나한테 공이 돌아오거든. 너를 키운 공이 제일 큰 사람은 바로 나지. 여자 문제만 해도 이 형님의 가르침 덕에 여자들한테 당하지도 않고 원치 않는 실수를 저지르지도 않았잖아! 그리고 너한테 처음 시를 읽게 한 사람이 누구니? 예를 들어 스윈번은? 바로 나야! 그리고 내가 한때 글을 쓰고 싶은 꿈을

품었었기 때문에 너한테도 언젠가 글을 써야 한다
는 생각이 심어진 거야! 젠장, 넌 나한테 동생 이상
이야. 내가 너를 만들었어! 넌 나의 프랑켄슈타인이
라고! (술김에 오만방자해져 있다. 에드먼드, 이제 재미
있는 듯 히죽거리고 있다.)

에드먼드　　그래, 난 형의 프랑켄슈타인이야. 그러니 술이나
　　　　　　마시자고. (소리 내어 웃으며) 형은 돌았어!

제이미　　　(쉰 목소리로) 난 마시겠지만 넌 안 돼. 몸조심해야
　　　　　　지. (맹목적인 사랑이 담긴 바보 같은 미소를 지으며
　　　　　　동생의 손을 와락 잡는다.) 요양소 문제 때문에 겁
　　　　　　먹을 것 없어. 넌 물구나무서서도 이겨 낼 수 있
　　　　　　어. 육 개월만 가 있으면 핏기가 돌 거야. 어쩌면
　　　　　　폐병이 아닐 수도 있지. 의사들 중에는 사기꾼이
　　　　　　많거든. 몇 년 전에 나한테도 술을 안 끊으면 금
　　　　　　방 죽을 거라고 했는데 이렇게 멀쩡히 살아 있잖
　　　　　　아. 의사들은 하나같이 사기꾼들이야. 돈 뜯어내
　　　　　　려고 별 짓을 다 하지. 이번 주립 요양소 건도 뇌
　　　　　　물을 받아먹었을 거야. 의사들은 그런 데 환자를
　　　　　　보낼 때마다 얼마씩 받거든.

에드먼드　　(넌더리가 나면서도 재미있어하며) 정말 못 말려! 형
　　　　　　은 아마 최후의 심판 때도 사람들을 붙잡고 그런
　　　　　　소리를 하고 다닐걸.

제이미　　　내 말이 맞을걸. 심판관한테 잔돈푼이라도 찔러
　　　　　　주면 구원받는 거고 빈털터리면 지옥에 떨어지는

거지! (불경스런 말을 해 놓고 히죽 웃는다. 에드먼드도 웃지 않을 수 없다. 제이미, 계속 말한다.) "그리하니 수중에 돈을 지녀라."[23] 그게 유일한 비결이지. (조롱조로) 내 성공의 비결이고! 덕분에 이 꼴이 됐지! (에드먼드가 손으로 술을 한 잔 가득 따라 꿀꺽꿀꺽 마시도록 둔다. 애정이 담긴 몽롱한 눈으로 동생을 바라보다가 다시 동생의 손을 잡고 쉰 목소리로, 묘하게 진지한 어조로) 잘 들어, 꼬맹아. 이제 넌 떠날 테니, 다시는 얘기할 기회가 없을지도 모르겠다. 진심을 털어놓을 수 있을 정도로 취할 기회가 없을 거라고 하는 게 맞겠지. 그래서 지금 말해야겠다. 오래전에 했어야 할 말인데, 너를 위해서 말야. (말을 끊고 자신과 싸운다. 에드먼드, 감동하면서도 한편으론 불안한 마음으로 지켜본다. 제이미, 불쑥 말한다.) 이건 취해서 하는 헛소리가 아니라 '취중진담'이란 거야. 그러니까 진지하게 들어. 나를 조심해라. 어머니 아버지 말씀이 옳아. 내가 너를 타락시켰어. 그것도 일부러.

에드먼드　(불안해서) 그만 해! 듣고 싶지 않으니까…….

제이미　쉿! 잠자코 들어! 널 건달로 만들려고 일부러 그랬어. 내 마음의 한 부분이 그렇게 한 거야. 커다란 한 부분이. 그 한 부분은 아주 오래전에 죽었어. 그래

---

23) 셰익스피어의 『오셀로』 1막 3장 중에서.

서 삶을 증오하지. 내 실패를 보고 배우도록 너한테 세상을 알게 해 줬다는 거, 가끔은 나 자신도 그렇게 믿지만 그건 거짓이야. 내 실패들을 그럴 듯하게 위장하고, 취하는 걸 낭만처럼 보이게 했지. 가난하고 어리석고 더러운 존재에 지나지 않는 창녀들을 매혹적인 흡혈귀처럼 만들고, 노동을 바보들이나 하는 짓이라고 조롱했지. 난 네가 성공하는 게 싫었어. 그러면 비교 돼서 내가 더 한심하게 보일 테니까. 네가 실패하기를 바랐지. 항상 너를 질투했어. 어머니의 아기, 아버지의 귀염둥이! (점점 더 적의에 차서 동생을 노려본다.) 그리고 네가 태어나서 어머니가 마약을 시작한 거야. 네 탓이 아니란 건 알지만 그래도, 빌어먹을, 너에 대한 증오를 억누를 수가……!

에드먼드   (겁에 질리다시피 해서) 형! 집어치워! 형은 미쳤어!

제이미   그래도 오해는 마라, 꼬맹아. 너를 미워하는 마음보다는 사랑하는 마음이 더 크니까. 지금 이런 말을 하는 것도 너를 사랑하기 때문이지. 네 미움을 살 위험을 무릅쓰고 털어놓는 거니까. 그리고 나한테 남은 건 너뿐이야. 아까 마지막 말은 작정하고 한 말이 아냐. 그런 케케묵은 얘기를 들추다니, 내가 왜 그랬는지 모르겠다. 내가 너한테 하고 싶었던 말은, 네가 멋지게 성공하는 모습을 보고 싶다는 거야. 하지만 조심하는 게 좋아. 내

가 너를 망쳐 놓으려고 기를 쓸 테니까. 어쩔 수
가 없어. 난 자신을 증오해. 난 복수를 해야 해. 세
상 모든 사람들한테. 특히 너한테. 오스카 와일드
의 「레딩 감옥」이란 시에도 뒤틀린 멍청이가 나오
지. 그는 자기가 죽었기 때문에 자기가 사랑하는
것을 죽여야만 하지. 나도 마찬가지야. 나의 죽은
부분이 네 병이 낫지 않기를 바라고 있어. 어쩌면
어머니가 다시 무릎을 꿇고 만 것도 기뻐하고 있
을지 몰라! 그는 동지를 원하지. 혼자서만 시체가
되어 집 안을 돌아다니고 싶지 않거든! (고통에 찬
냉혹한 웃음소리를 낸다.)

에드먼드   형! 정말 미쳤어!

제이미   잘 생각해 보면 내 말이 옳다는 걸 알게 될 거야. 나
한테서 떨어져서 요양소에 들어가 있을 때 잘 생각
해 봐. 나를 제거하겠다는 결심을 굳혀. 네 인생에
서 나를 몰아내. 나를 죽은 걸로 생각하고 사람들한
테도 그렇게 말해. "내겐 형이 있었지만 죽었어요."라
고. 그러곤 다시 돌아오면 나를 조심해. 난 '하나뿐
인 친구'니 어쩌니 하면서 반갑게 손을 내밀겠지만
기회만 오면 네 등을 찌를 테니까.

에드먼드   입 닥쳐! 더 이상 듣고 싶지…….

제이미   (못 들은 것처럼) 그래도 이 형을 잊지는 마라. 너를
위해서 경고를 해 줬다는 사실도. 그것만은 인정을
해 줘. 자신으로부터 형제를 구하나니, 이보다 큰

사랑은 없도다.[24] (만취해서 고개를 제대로 가누지 못하며) 그게 다야. 이제 한결 마음이 가볍구나, 고백을 하고 나니. 넌 나를 용서할 거야, 그렇지, 꼬맹아? 넌 이해할 거야. 넌 좋은 녀석이니까. 그래야지. 내 작품인데. 가서 나아서 돌아와라. 나를 두고 죽으면 안 돼. 나한테 남은 건 너뿐이야. 신의 은총이 있기를. (눈이 감기며 웅얼거린다.) 마지막 잔에…… 가는구나. (술기운에 깜빡 졸지만 완전히 잠든 것은 아니다. 에드먼드, 비참한 심정으로 두 손에 얼굴을 묻는다. 타이론, 현관문을 열고 살그머니 들어온다. 가운이 안개에 젖어 있고 옷깃이 세워져 있다. 혐오하는 엄격한 표정이면서도 연민이 엿보인다. 에드먼드는 아버지가 들어온 걸 알지 못하고 있다.)

타이론   (소리 죽여) 잠들어서 다행이다. (에드먼드, 놀라서 눈을 든다.) 밤새 지껄일 줄 알았는데. (가운의 옷깃을 내리며) 그냥 저대로 자게 놔두는 게 낫겠다. (에드먼드는 침묵을 지킨다. 타이론, 그를 유심히 보다가 말을 잇는다.) 네 형이 끝에 한 말 들었다. 내가 너한테 경고한 그대로더구나. 제 입에서 나온 말이니 명심해라. (에드먼드는 그 말을 들었는지 못 들었는지 무반응이다. 타이론, 애처로워하며 덧붙인다.)

---

24) 요한복음 15장 13절의 '벗을 위하여 목숨을 바치니, 이보다 큰 사랑은 없도다.'를 비튼 표현이다.

너무 심각하게 받아들이지는 마라. 네 형은 원래 술만 취하면 제 나쁜 점을 과장하기를 좋아하니까. 네 형은 너를 몹시 사랑해. 그거 하난 기특하지. (침통하게 제이미를 내려다보며) 참 보기 좋다! 가문의 이름을 빛내 주길 바랐던 맏아들이란 놈이, 그토록 장래가 촉망되던 놈이!

에드먼드 (비참하게) 아버지, 조용히 좀 해 주실 수 없어요?

타이론 (한 잔 따르며) 쓰레기! 볼장 다 본 주정뱅이! (술을 마신다. 아버지의 존재를 느낀 제이미가 정신을 차리려고 애쓴다. 가까스로 눈을 뜨고 눈을 깜빡거리며 아버지를 본다. 타이론, 표정이 굳어지며 방어적으로 한 발짝 물러난다.)

제이미 (갑자기 손가락으로 아버지를 가리키며 극적인 강세를 넣어 낭송한다.)

> 클래런스가 왔다, 거짓되고 덧없는 위증자 클래런스,
> 튜크스베리 전투에서 나를 찌른 자.
> 복수의 여신이여, 그를 붙잡아 고통을 주소서.[25]

(그러곤 화를 내며) 뭘 보세요? (이제 로세티의 시를 냉소적으로 암송한다.)

---

25) 셰익스피어의 『리처드 3세』 1막 4장 중에서.

내 얼굴을 보게. 내 이름은 '더 훌륭해졌을지도 모를',

혹은 '더는 아닌', '늦어 버린', '안녕'이라고도 불리지.[26]


| | |
|---|---|
| 타이론 | 나도 잘 안다. 그 얼굴 보고 싶지도 않다. |
| 에드먼드 | 아버지! 그만요! |
| 제이미 | (조롱한다.) 아버지, 끝내주는 아이디어가 떠올랐어요. 이번 시즌에 「종」을 무대에 올리는 거예요. 아버지한테 딱 맞는 역이 있거든요. 분장도 필요 없어요. 노랭이 가스파르 영감! (타이론, 화를 억누르며 외면한다.) |
| 에드먼드 | 닥쳐, 형! |
| 제이미 | (놀리듯) 에드윈 부스 같은 배우도 훈련받은 물개만큼 연기를 잘할 순 없었을걸요. 물개는 영리하고 정직하죠. 자신의 연기력을 두고 허세도 안 부리고. 자신이 생선을 받아먹기 위해 연기하는 삼류라는 걸 인정하죠. |
| 타이론 | (아픈 데를 찔리고 분연히 돌아선다.) 이 건달놈! |
| 에드먼드 | 아버지! 소란을 피워서 어머니를 내려오게 하고 싶으세요? 형도 잠이나 자! 그만큼 떠들었으면 됐어. (타이론, 고개를 돌린다.) |

---

26) 단테 가브리엘 로세티의 「생명의 집」 중에서.

**제이미** (쉰 목소리로) 알았다, 꼬맹아. 나도 싸우고 싶지 않아. 졸려 미치겠다. (다시 눈을 감고 꾸벅꾸벅 존다. 타이론은 탁자로 가서 제이미가 보이지 않도록 의자를 돌려 앉는다. 그도 바로 졸음이 쏟아진다.)

**타이론** (졸린 목소리로) 네 어머니가 잤으면 좋겠다. 그래야 나도 자지. (몽롱하게) 몸이 녹초가 됐어. 이젠 옛날처럼 밤도 못 새, 늙어서. 나도 다 됐어. (입이 찢어지게 하품을 하며) 눈이 떠지질 않는구나. 눈 좀 붙여야겠어. 에드먼드 너도 좀 자라. 네 어머닌 시간이 좀 걸려야…….

(말끝을 흐린다. 눈이 감기고 턱을 떨구더니 입으로 거친 숨소리를 내기 시작한다. 에드먼드는 잔뜩 긴장해서 앉아 있다. 그는 무슨 소리를 듣고 초조하게 몸을 앞으로 기울이고 앞 응접실을 통해 현관을 뚫어지게 본다. 그러다 정신없이 쫓기는 듯한 얼굴로 벌떡 일어난다. 순간 뒤쪽의 응접실로 숨을 듯한 기세를 보인다. 그러다 도로 앉아 시선을 돌리고 의자 팔걸이를 꽉 잡고 기다린다. 갑자기 앞 응접실 벽의 스위치가 올려지면서 샹들리에의 등 다섯 개가 모두 켜지고, 잠시 후 그곳에서 누군가가 피아노를 치기 시작한다. 쇼팽의 쉬운 왈츠 곡 가운데 하나의 첫 부분으로, 마치 솜씨가 서툰 여학생이 처음 연습하는 것처럼 더듬거리며 뻣뻣하게 친다. 타이론은 잠이 확 깨서 겁먹은 표정이 되고, 제이미도 고개를 획 젖히더니 눈을 뜬다. 잠

시 그들은 얼어붙은 듯 듣고 있다. 피아노 소리가 아까 시작할 때처럼 갑자기 뚝 끊기더니 메리가 문간에 나타난다. 잠옷 위에 하늘색 가운을 걸치고 맨발에 방울 술이 달린 멋진 슬리퍼를 신고 있다. 얼굴이 그 어느 때보다 창백하고, 유난히 커 보이는 눈이 검은 보석처럼 반짝인다. 섬뜩한 건 얼굴이 너무 젊어 보인다는 점이다. 세월의 주름살이 싹 다려져 없어진 듯한 모습이다. 소녀 같은 순수라는 대리석 가면을 쓴 듯한 얼굴이고 입가에는 수줍은 미소를 띠고 있다. 흰 머리는 두 갈래로 땋아 가슴 위로 늘어뜨렸다. 레이스 장식이 달린 구식 웨딩드레스를 한 팔에 걸치고 있는데, 그걸 들고 있는 것조차 잊은 듯 아무렇게나 바닥에 질질 끌리도록 내버려 두고 있다. 그녀는 문간에서 주저하며 실내를 둘러본다. 당황하여 이마를 찌푸리고 있는 모습이 무얼 가지러 왔다가 그게 무엇이었는지 깜빡 잊은 사람 같다. 모두들 그녀를 바라본다. 그런 그들을 그녀는 방 안의 다른 사물들을 보듯, 즉 가구나 창문 같은 익숙한 물건들처럼 당연히 그곳에 속한 것으로 기계적으로 받아들이되 자기 생각에 몰두해서 알아보지 못하는 듯이 본다.)

제이미   (완전한 침묵을 깨며, 자기 방어적인 냉소적인 태도로 신랄하게) 미친 장면. 오필리아 등장! (아버지와 동생이 사납게 돌아본다. 에드먼드의 동작이 더 빠르다. 그는 손등으로 형의 입을 때린다.)

**타이론** (억눌린 분노로 떨리는 목소리로) 잘했다, 에드먼드. 순 망나니 같으니라고! 제 어머니한테!

**제이미** (화도 내지 않고 죄스러워하며 웅얼거린다.) 좋아, 꼬맹이. 내가 맞을 짓을 했어. 하지만 아까도 말했다시피 기대가 너무 컸기 때문에……. (손으로 얼굴을 가리고 흐느끼기 시작한다.)

**타이론** 내 무슨 일이 있어도 내일 당장 내쫓고 말 테다. (그러나 제이미의 흐느낌에 노여움이 풀려 돌아서서 제이미의 어깨를 흔들며 애원한다.) 제이미, 제발 좀 그쳐라!(메리가 말하기 시작하자 모두 다시 침묵에 빠져 그녀를 바라본다. 그녀는 이제까지 일어난 일에는 관심도 없다. 그것은 마치 방 안의 익숙한 분위기의 일부로, 그녀가 몰입한 세계에 영향을 미치지 않는, 하나의 배경에 불과한 듯하다. 그녀는 그들에게 이야기한다기보다는 혼잣말을 하듯 말한다.)

**메리** 이제 엉망이야. 통 연습을 했어야지. 테레사 수녀님한테 무척 혼날 거야. 특별 레슨을 받을 수 있게 그렇게 많은 돈을 보내시는 아버지를 생각해서라도 이래서야 되겠냐고 하시겠지. 그 말씀이 옳아. 아버지가 나한테 얼마나 잘해 주시고 얼마나 자랑스러워하시는데 이래선 안 되지. 이제부터 매일 연습할 거야. 하지만 손에 끔찍한 일이 일어났어. 손가락이 너무 뻣뻣해져서……. (손을 들고 겁에 질린 당황한 눈으로 자세히 살핀다.) 관절이 온

통 부었어. 너무 흉해. 양호실에 가서 마사 수녀님
께 보여야겠어. (애정과 신뢰가 담긴 상냥한 미소를
지으며) 늙고 좀 괴팍하긴 해도 난 그분이 좋아.
그분의 약상자만 있으면 무슨 병이든 고칠 수 있
지. 그분은 손에 바를 약을 주시면서 성모님께 기
도드리면 금방 나을 거라고 말씀하시겠지. (손에
대해서는 잊고 웨딩드레스를 질질 끌면서 거실로 들어
온다. 다시 이마를 찡그리고 멍청하게 방 안을 둘러본
다.) 가만. 내가 여기 뭘 가지러 왔더라? 정말 끔찍
해. 얼마나 건망증이 심해졌는지. 항상 꿈만 꾸고
잊어버리기만 한다니까.

타이론   (소리 죽여) 네 어머니가 가지고 온 게 뭐냐, 에드
먼드?

에드먼드   (멍하니) 웨딩드레스 같은데요.

타이론   젠장! (일어나서 아내의 길을 막고 선 채 고통에 차
서) 메리! 이렇게까지……. (자제하며, 부드럽게 달랜
다.) 자, 이리 줘요. 이러다 밟아서 찢어지겠어. 바
닥에 질질 끌려서 더러워지고. 그러면 나중에 후
회할 거요. (메리는 마음속의 아득히 먼 곳에서 바라
보듯이 남편이란 걸 알아보지도 못하고 애정도 증오도
없이 응시하며 잠자코 웨딩드레스를 건넨다.)

메리   (예절 바른 소녀가 자신의 짐을 들어주는 나이 지긋한
신사에게 하듯 수줍고 공손하게) 고맙습니다. 정말
친절하시네요. (어리둥절해하면서도 관심 있게 웨딩

드레스를 보면서) 웨딩드레스네요. 정말 예쁘지 않아요? (얼굴에 어두운 그림자가 스치고 막연히 불안해하는 모습이 된다.) 이제야 기억이 나네. 다락방 트렁크에서 찾았어요. 그런데 내가 이걸 왜 찾았는지 모르겠네. 난 수녀가 될 건데. 그러니까, 그걸 찾기만 하면……. (다시 이마를 찡그리고 방 안을 둘러본다.) 내가 뭘 찾고 있었더라? 잃어버렸던 거였는데. (이제 타이론의 존재를 앞길을 가로막는 장애물로 인식하고 그에게서 물러선다.)

타이론 (절망적인 애원을 담아) 메리! (그러나 메리는 자기 생각에 골몰해서 그 소리를 듣지 못하는 듯하다. 타이론, 어쩔 수 없이 체념하고 움츠러든다. 이제 그의 방어막 노릇을 하던 취기마저도 싹 가셔 맨정신으로 괴로움을 견디고 있다. 무의식중에 어색해하면서도 소중하게 받쳐든 채 의자에 털썩 앉는다.)

제이미 (얼굴을 가렸던 손을 떨구고 탁자 위를 응시한다. 그 역시 술이 완전히 깬 상태이다. 힘없이) 소용없어요, 아버지. (스윈번의 「작별」을 꾸밈없이, 그러면서도 비통함을 담아 멋지게 읊는다.)

우리 일어나 작별하세, 그녀는 모를 것이니.
큰 바람인 듯 바다로 가세,
모래와 물거품 온통 흩날리며, 여기 있는들 무슨
소용이랴?

4막

아무 소용 없네, 이 모든 것들이 그러하고,

온 세상이 눈물처럼 쓰라리거늘.

이것들이 그러함을, 그대 아무리 보여 주려 애써도,

그녀는 알지 못하네.


**메리**  (주위를 둘러보며) 꼭 필요한 건데. 아주 잃어버렸
을 리가 없는데. (제이미의 의자 뒤를 돌아가기 시작
한다.)

**제이미**  (고개를 돌려 어머니의 얼굴을 들여다본다. 그러다 자
기도 모르게 애원한다.) 어머니! (메리는 듣지 못한 것
처럼 보인다. 제이미, 절망적으로 외면한다.) 젠장! 무
슨 소용이야. 아무 소용 없다고. (더욱 비통하게
「작별」을 읊는다.)


그러니 가세, 나의 노래들이여. 그녀는 듣지 못할
것이니.

그러니 두려워 말고 함께 가세.

노래 시간은 끝났으니,

이제 침묵을 지키세,

지난 모든 일들도, 소중한 일들도 끝났으니.

우리가 그녀를 사랑하는 것처럼 그녀는 그대들
도 나도 사랑하지 않네.

정녕, 우리가 그녀의 귀에 대고 천사처럼 노래해도,

그녀는 듣지 않네.

메리　　(주위를 둘러보며) 꼭 필요한 건데. 그게 있었을 때는 전혀 외롭지도 않고 두려움도 없었어. 영영 잃어버렸음 안 돼. 그런 생각만 해도 난 죽어 버릴 거야. 그렇다면 아무 희망이 없는 거니까. (몽유병자처럼 제이미의 의자 뒤를 돌고 에드먼드의 뒤를 지나 왼쪽 앞으로 나온다.)

에드먼드　　(충동적으로 몸을 돌려 어머니를 잡는다. 그러곤 고통스러워서 어쩔 줄 모르는 아이 같은 태도로 애원한다.) 어머니! 여름 감기가 아니에요! 전 폐병이라고요!

메리　　(그 소리가 그녀의 마음에 파고든 듯하다. 그녀는 몸을 떨며 겁에 질린 표정이 된다. 그러곤 자신에게 명령이라도 하듯 미친 듯이 소리친다.) 아냐! (그러나 즉시 현실에서 멀어진다. 그녀는 부드럽긴 하나 아무 감정도 없이 속삭인다.) 날 만지면 안 돼. 날 잡으면 안 돼. 난 수녀가 되고 싶으니까 그러면 안 돼. (에드먼드, 어머니의 팔을 잡았던 손을 놓는다. 메리는 왼쪽으로 가서 창가에 놓인 소파에 앉는다. 손을 포개서 무릎 위에 놓고 앞을 똑바로 보고 있는 모습이 새침한 여학생 같다.)

제이미　　(에드먼드에게 동정하면서도 한편으론 고소해하는 야릇한 시선을 보낸다.) 이 바보. 소용없다니까. (다시 스윈번의 시를 읊는다.)

　　　그러니 우리 가세, 가세. 그녀는 보지 않을 것이니.

모두 한 번 더 노래하세. 분명 그녀도,

그녀도, 지난날의 추억을 떠올리고,

우리를 살짝 돌아보며, 한숨 지을 것이니. 그러나 우리,

가 버리네, 사라지네, 그곳에 있었던 적도 없는 듯.

아아, 보는 이들 모두 나를 불쌍히 여겨도,

그녀는 보지 않네.

**타이론**   (망연자실한 상태에서 벗어나려고 애쓰며) 신경 쓰는 게 바보짓이지. 그놈의 독 때문이야. 하지만 저렇게까지 깊이 빠졌던 적은 없었는데. (거친 목소리로) 그 술병 이리 다오, 제이미. 그리고 그런 병적인 시는 읊지 마. 내 집에선 안 돼! (제이미, 아버지에게 술병을 밀어 준다. 타이론은 한쪽 팔과 무릎에 웨딩드레스를 조심스럽게 걸쳐 놓은 채로 술을 따른 뒤 병을 도로 밀어 준다. 제이미도 자기 잔에 술을 따른 뒤 에드먼드에게 술병을 돌리고, 에드먼드도 한 잔 따른다. 타이론이 잔을 들자 아들들도 기계적으로 따라서 들지만 그들이 술을 마시기 전에 메리가 말을 시작하자 모두 천천히 탁자에 잔을 내려놓는다.)

**메리**   (꿈꾸듯 앞을 응시한다. 그녀의 얼굴은 이상할 정도로 젊고 순수해 보인다. 입가에 수줍어하는 열성과 신뢰가 담긴 미소를 머금고 소리 내어 혼잣말을 한다.) 엘리자베스 원장 수녀님과 면담을 했어. 참 자상하

고 좋으신 분이야. 지상의 성자시지. 난 그분을 진짜 사랑해. 이런 말 하면 벌받을지 몰라도, 난 우리 어머니보다 그분이 더 좋아. 그분은 늘 이해해 주시니까. 말을 하지 않아도 말이야. 그분의 자상한 푸른 눈은 사람의 마음을 꿰뚫어 보지. 그래서 그분께는 아무것도 감출 수가 없어. 그분을 속이고 싶어도 속일 수가 없어. (약간 반항적으로 고개를 쳐들고, 소녀처럼 발끈해서) 그런데 이번엔 내 마음을 몰라주셨어. 난 그분께 수녀가 되고 싶다고 말씀드렸지. 천주님의 부르심을 확신한다고 말한 다음, 이제까지 성모님께 확신을 달라고, 내가 그럴 만한 가치가 있는 존재라는 걸 깨닫게 해 달라고 기도해 왔다고 설명했어. 호수의 작은 섬에 있는 루르드 성당에서 기도를 올리다가 정말로 성모님의 환영을 봤다고 말씀드렸어. 내가 거기서 무릎을 꿇었던 것을 확신하듯 성모님이 내게 미소 지으며 허락하신 것을 확신한다고 말씀드렸지. 그런데도 원장 수녀님은 그것보다 더 확신을 가져야 된다고, 그게 상상이 아니었다는 걸 증명해야만 된다고 하셨어. 그러면서 그렇게 확신이 있다면 자신을 시험해 보라고 하셨지. 졸업하고 집에 돌아가서 다른 친구들처럼 파티에도 가고 춤도 추고 즐기면서 살다가 일이 년 뒤에도 그 마음 그대로라면 그때 다시 와서 얘기해 보자고 하셨지.

(고개를 홱 돌리고, 분개해서) 원장 수녀님께서 그렇게 말씀하실 줄은 꿈에도 몰랐어! 정말 충격이었지. 물론 그 말씀에 따르겠다고 했지만, 그건 시간 낭비일 뿐이지. 원장 수녀님 방을 나와서 혼란스러운 마음에 성당에 가서 성모님께 기도를 올렸더니 다시 마음이 평화로워졌어. 성모님께서는 내 기도를 들어 주시니까, 항상 나를 사랑해 주시고 내가 신앙을 잃지 않는 한 내게 불행이 닥치지 않도록 지켜 주실 테니까. (잠시 말을 멈춘다. 커져가는 불안감이 얼굴을 덮는다. 머리의 거미줄이라도 치우듯 한 손으로 이마를 쓸어 내고는 멍하니) 그게 졸업하던 해 겨울의 일이었지. 그리고 봄에 일이 생겼어. 그래, 기억나. 난 제임스 타이론과 사랑에 빠졌고 얼마 동안은 꿈같이 행복했지. (슬픈 꿈에 젖어 앞을 응시한다. 타이론은 의자에 앉은 채로 몸을 꿈틀한다. 에드먼드와 제이미는 미동도 않고 있다.)

막

1940년 9월 20일
타오 하우스에서

# 안개 인간들을 위한 진혼곡

1

유진 글래드스톤 오닐(Eugene Gladstone O'Neill)은 1888년
미국 뉴욕의 브로드웨이에 있는 한 호텔 방에서 연극배우였
던 제임스 오닐의 셋째 아들로 태어났다. 그는 1936년에 노벨
문학상을 수상하였고, 「지평선 너머」(1920), 「안나 크리스티」
(1922), 「기묘한 막간극」(1928), 「밤으로의 긴 여로」(1956)로 네
차례나 퓰리처상을 수상하였으며, 20세기 초 통속적이고 상
업적인 수준에 머물러 있던 미국 연극을 예술의 경지로 끌어
올린 미국 최고의 극작가로 인정받고 있다.

오닐은 순회 극단의 배우로 전국을 떠돌던 아버지를 따라
호텔을 전전하며 살다가 일곱 살 때부터 기숙학교에 들어가지
만 친구들과 어울리지 못하고 혼자 책을 읽거나 형에게 장문

의 편지들을 쓰면서 지냈다. 1906년에 프린스턴 대학에 입학하지만 얼마 못 가서 자퇴하고, 이후 육 년간 바다에서 선원 노릇도 하고 남미와 뉴욕에서 부랑자로 떠돌기도 하며 인생 체험을 한다. 1912년에 그는 결핵에 걸려 육 개월 동안 요양소 생활을 하게 되는데, 이곳에서 도스토예프스키와 스트린드베리를 발견한다. 특히 스웨덴의 극작가 스트린드베리는 오닐이 노벨 문학상 수상 연설에서, "1913년 겨울에 스트린드베리를 읽게 되면서 나는 현대극이 어떤 것인지를 처음 알게 되었고, 처음으로 극작가가 되고 싶은 충동을 느꼈다."라고 밝혔듯이 그를 극작가로 새로이 태어나게 한다. 아버지 제임스 오닐이 몸담았던 '고래고래 소리나 질러대는 과장되고 감상적인 통속극'을 경멸하면서 자란 그가 스트린드베리와 입센으로 대표되는 현대극을 통해 비로소 극의 예술성과 매력에 눈을 뜨게 된 것이다.

오닐은 하버드 대학교 조지 피어스 베이커 교수의 '워크샵 47' 희곡 창작 강좌에서 습작 활동을 했고, 1916년 매사추세츠 프로빈스타운의 '부두 극장'에서 「카디프를 향하여 동쪽으로」를 처녀 공연했다. 그리고 그해에 신극 운동가인 조지 쿡, 수잔 글래스펠 등과 함께 뉴욕 그리니치 빌리지에서 '극작가들의 극단'을 조직하여 뉴욕 무대에 진출했다. 1920년 「지평선 너머」로 첫 퓰리처상을 받은 그는 극작가로서의 명성을 떨치기 시작했으며, 이후 왕성한 작품 활동으로 현대극의 여러 형식들을 실험하며 20편의 장편과 수많은 중·단편들을 써냈다.

대표작으로는 자신의 체험을 바탕으로 한 사실주의 계열의 「지평선 너머」, 니체와 프로이트와 칼 융의 영향을 받은 표현주의 계열의 「황제 존스」, 「털북숭이 원숭이」, 「위대한 신 브라운」, 그리스 비극의 형식을 빌린 「상복이 어울리는 엘렉트라」, 자전적인 내용을 담은 「불출들의 달」과 「밤으로의 긴 여로」, 이 밖에도 「안나 크리스티」, 「느릅나무 밑의 욕망」, 「기묘한 막간극」, 「아아! 황야」, 「얼음장수 오다」 등이 있다.

오닐의 말년은 불행했다. 소뇌 퇴행성 질환으로 인한 마비 증세와 우울증이 악화되어 더 이상 글을 쓸 수 없게 되자 그는 아내 칼로타의 도움을 받아 미완성 원고들을 모두 찢어버렸다. 완전하지 못한 원고들을 비평가들의 도마 위에 올리고 싶지 않았을뿐더러 자신의 작품을 다른 작가가 마저 완성하는 것은 더욱 원치 않았던 것이다. 가정적으로도 장남 유진 오닐 2세가 스스로 목숨을 끊었고, 오랜 동반자였던 아내 칼로타와도 극심한 불화를 겪었다. 1953년 11월 27일, 그는 예순다섯 살의 나이로 보스턴의 한 호텔에서 쓸쓸히 죽음을 맞이했는데, "빌어먹을 호텔 방에서 태어나 호텔 방에서 죽는군."이라고 탄식했다고 한다.


2


「밤으로의 긴 여로」는 오닐의 대표작으로 그의 사후에 발표

되어 그에게 네 번째 퓰리처상을 안겨준 작품이다. 오닐이 아내 칼로타 몬트레이에게 바치는 헌사에서 '내 묵은 슬픔을 눈물로, 피로 쓴 극'이라고 밝혔듯이, 이 작품은 그를 가장 음울하고 비관적인 작가의 한 사람으로 만든 자신의 비극적인 가족사를 담고 있다. 가난하고 무지한 아일랜드계 이민 출신으로 연극배우로 성공하지만 돈에 대한 집착을 버리지 못해 가정과 자신의 배우 인생을 망치고 마는 아버지 제임스 오닐, 마약 중독자였던 어머니 엘라 퀸랜, 술에 절어 방탕한 삶을 살다가 결국 알코올 중독 합병증으로 일찍 세상을 마감한 형 제임스 오닐 2세—이들을 발가벗겨서 드러내는 것은 오닐에게 '사랑에 대한 신념'과 용기가 필요한 고통스러운 작업이었다. 그는 캘리포니아의 타오 하우스에서 은둔 생활을 하던 1939년에 이 글을 집필하기 시작했는데, 사후 부검 결과 소뇌 퇴행성 질환으로 밝혀진 마비 증세로 손을 제대로 쓸 수도 없었을뿐더러 자신과 가족들의 상처를 파헤치는 고통이 너무 커서 부인 칼로타의 술회에 의하면 "들어갈 때보다 십 년은 늙은 듯한 수척한 모습으로, 때로는 울어서 눈이 빨갛게 부은 채로" 작업실에서 나오곤 했다고 한다. 이 작품을 탈고한 뒤 오닐은 자신의 사후 이십오 년 동안은 발표하지 말고 그 이후에도 절대 무대에 올려서는 안 된다는 조건을 달았다. 그만큼 사적이고 아픈 이야기였던 것이다.

「밤으로의 긴 여로」에 등장하는 티론 가족은 어머니의 이름이 엘라가 아닌 메리이고, 두 살 때 홍역으로 죽은 둘째 에드먼드와 셋째 유진의 이름을 맞바꿔 놓은 걸 제외하면 오닐 가족을 그대로 그린 모습이다. 따라서 이 작품을 이해하기 위해서는 오닐 가족의 실제 인생을 들여다볼 필요가 있다. 우선 아버지 제임스 오닐 일가는 1848년 아일랜드에 감자병이 돌면서 무시무시한 기근이 아일랜드 전역을 덮치자 가난을 피해 미국으로 떠나온 이민자들이었다. 제임스 오닐의 부친은 미국에 온 지 일 년 만에 아내와 자식들을 두고 조국으로 돌아가 그곳에서 세상을 하직했으며, 남겨진 가족들은 가난하고 비참한 생활을 할 수밖에 없었다. 제임스는 학교도 못 다니고 공장 일을 하면서 진저리나는 가난을 뼈저리게 체험한다. 이후 그는 독학으로 연기 공부를 하고 아일랜드식 억양을 없애는 등 각고의 노력을 기울인 끝에 셰익스피어 전문 배우로 인정받게 되지만, 우연한 기회에 프랑스 작가 알렉상드르 뒤마의 「몬테크리스토 백작」의 주인공 역을 맡아 부와 명성을 거머쥐면서 훌륭한 배우로 성장할 기회를 놓치게 된다. 「몬테크리스토 백작」이 계속 흥행에 성공하자 돈에 눈이 어두워져 이십오 년간 미국 전역을 돌며 6,000회 이상의 순회공연에 매달려 결국 셰익스피어와는 거리가 먼 흥행 배우로 주저앉게 된 것이다. 그는 가난이라는 강박 관념에 사로잡혀 가족들에게는 병적으로 인색하게 굴면서 악착같이 땅을 사들인다. 한편 어머니 엘라 퀸랜은 유복한 중산층 출신으로 피아노 연주에 재능이 있고 수녀가 되기를 꿈꾸던, 감수성이 예민하고 경건한 인물이었으나 열아홉 살에 미남 배우 제임스 오닐과 사랑에 빠져 자신의 꿈을 접고 그와 결혼한다. 조용하고 예민한 성격이었던 그녀는 '싸구려 호텔'을 떠돌며 가정다운 가정을 꾸리지도 못하고 사는 외로운 생활에 염증을 느끼게 되며 친정 어머니에게 맡겨두었던 둘째 아들 에드먼드가 홍역으로 죽자, 자신과 남편, 그리고 홍역을 옮긴 큰아들 제이미를 원망하고 증오하게 된다. 그러던 중 셋째 유진을 낳고 진통이 가시지 않자 호텔의 주정뱅이 돌팔이 의사에게서 진통제로 모르핀 주사를 맞게 되고, 그 후로 모르핀 중독자가 되고 만다. 이러한 그녀의 마약 중독은 두 아들에게 깊은 상처를 주게 된다. 큰아들 제이미는 방탕한 생활을 하다가 결국 인생의 실패자, 알코올 중독자로 죽음을 맞게 되며, 막내 유진은 책에만 파묻혀 살면서 형 제이미를 숭배한다. 형처럼 방탕하게 살던 그는 결국 프린스턴 대학에서 쫓겨나 배를 타고 떠돌기도 하고 뉴욕 뒷골목에서 부랑자 노릇을 하며 1911년에는 자살 기도까지 한다.

이 작품의 시간적 배경인 1912년은 어머니 엘라가 중독 증세가 호전되어 요양원에서 돌아오고, 유진이 방랑 생활을 접고 신문사에 기자 겸 시 기고가로 입사한 시기이다. 작품 속에서 티론 가족은 그들의 유일한 집인 여름 별장에 모여 모처럼 정상적인 가족의 모습으로 생활한다. (실제로 오닐 일가는 코네티컷 뉴런던에 여름 별장을 갖고 있었으며, 그들의 유일한 집이었던 이 별장을 '몬테크리스토의 집'이라고 불렀다.) 그러나 커튼처럼 드리워진 자욱한 안개와 병든 고래의 신음 소리 같은 음울한 무적이 암시하듯 1막부터 이들은 막연한 두려움에 사로잡혀 있다. 이미 메리는 다시 모르핀을 맞기 시작했고 단순한 독감인 줄 알았던 에드먼드의 병은 심각한 증세를 보이고 있었던 것이다. 짐짓 태연함을 가장하던 가족들은 두려움이 엄연한 현실로 다가오자 메리는 마약에서, 아버지와 두 아들은 술에서 도피처를 찾는다. 메리는 마약의 힘을 빌려 행복했던 과거로 돌아가 그곳에서 유령처럼 떠돌고, 세 남자는 술기운으로 절망과 쓰라림을 견딘다. 4막에서 에드먼드가 아버지에게 "이 빌어먹을 집구석에선 이해를 해줘야지 안 그러면 돌아버린다." 고 했듯이 아버지의 인색함은 가난 탓으로, 어머니의 마약 중독은 돌팔이 의사 탓으로, 제이미의 냉소주의와 뒤틀린 질투는 인생에 대한 좌절 탓으로, 에드먼드의 병적인 비관주의는 다우슨, 니체, 보들레르 탓으로 돌려지고, 각자 마약이나 술기운을 빌려 자신을 변호하는 장광설을 늘어놓으면 피붙이다운 연민과 애정을 느끼기도 하지만, 보들레르가 노래한 "그대의 어깨를 눌러 땅바닥에 짓이기는" 현실의 무게는 그들로 하여금 서로를 잔혹하게 할퀴고 증오하게 만든다. 그리하여 그들은 잠깐씩 서로를 이해하는 듯하지만 끝내 화해하지도 구원받지도 못하고 죽음과도 같은 절망의 나락에 빠져들 뿐이다. 그러나 이 비극적인 이야기는 결코 가혹하지만은 않다. 그것은 오닐 자신이 그토록 고통에 차서 방황하던 네 사람에 대한 "깊은 연민과 이해와 용서"의 마음으로 쓴 글이기 때문이다. 실로 오랜 세월이 지나서야, 1912년으로부터 이십칠 년이라는 세월이 흘러서야 그는 "돌지 않기 위해서"가 아닌, 마음에서 우러난 연민과 이해와 용서로 이미 이 세상 사람들이 아닌 사랑하는 가족들을 바라보게 된다. 그를 끝없이 괴롭히고 방황하게 만들었지만 결국 그를 최고의 극작가로 키워낸 밑거름이었던 가족들에게 위대한 극의 형식으로 보답한 것이다. 그는 메리의 입을 빌려 이렇게 말한다. "운명이 저렇게 만든 거지 저 아이 탓은 아닐 거야. 사람은 운명을 거역할 수 없으니까. 운명은 우리가 미처 깨닫지 못하는 사이에 손을 써서 우리가 진정으로 원하는 것과는 거리가 먼 일들을 하게 만들지."

3

칼로타 몬트레이는 고인의 뜻에 따르지 않고 1956년에 이 작품을 발표하게 되는데, 미국 관객들보다 더 오닐을 사랑하고 인정했던 스웨덴의 스톡홀름에 있는 왕립극장이 초연 장소였다. 장장 네 시간 반 동안 공연된 초연은 대성공이었다. 스웨덴의 일부 비평가들은 오닐을 그리스의 비극 시인 아이스퀼로스와 셰익스피어의 맥을 잇는 최고의 극작가라고 극찬했고, 한 신문에서는 오닐이 스트린드베리의 영향을 받은 작가임을 지적하며 스웨덴의 우상 스트린드베리보다 오닐을 높이 평가하는 분위기에 일침을 가하기도 했다. 「밤으로의 긴 여로」는 같은 해에 미국 예일 대학교 출판부에서 책으로 출간됨과 동시에 뉴욕 무대에도 올려졌다. 뉴욕 공연 역시 "스트린드베리가 대사를 쓴 도스토예프스키의 소설 같다."는 찬사를 받으며 대성공을 거두었다. 이후 「밤으로의 긴 여로」는 자전적인 이야기를 인간의 보편적인 진실로 승화시킨 예술 작품으로 인정받으며 오닐의 대표작이 되었고, 1957년에는 그에게 다시 퓰리처상을 안겨주었으며 영화와 텔레비전 극으로도 제작되었다. 그리고 지금까지도 전 세계에서 무수히 연극 무대에 올려지고 있다.

# 작가 연보

1888년  뉴욕의 한 호텔에서 아일랜드계 연극 배우였던 아버지 제임스 오닐과 역시 아일랜드계인 어머니 엘라 퀸런의 셋째 아들로 태어났다.

1895년  브롱스에 있는 가톨릭계 기숙 학교 마운트 세인트빈센트에 입학했다.

1902년  코네티컷 스탬퍼드에 있는 베츠 아카데미에 입학했다.

1906년  프린스턴 대학교에 입학하나 일 년 만에 자퇴하고 무정부주의자인 벤저민 터커와 철학자 니체에 심취했다.

1909년  캐슬린 젱킨스와 가족들 몰래 결혼했다. 두 주 후 아버지의 권유로 금광 탐사를 위해 온두라스로 떠나지만 이듬해에 말라리아에 걸려 귀국했다.

1910년  장남 유진 오닐 2세가 태어났다. 그러나 가정을 돌보지 않고 선원, 부두 노동자 노릇을 하며 부에노스아이레스를 비롯한 남미의 여러 나라들을 방랑했다. 이후 뉴욕에 돌아와서도 술에 취해 자살을 기도하는 등 방황을 계속했다.

1912년  캐슬린 젱킨스와 이혼했다. 아버지의 「몬테크리스토 백작」에 단역으로 출연했다. 9월에 뉴런던 텔레그래프 신문에 기자 겸 시 기고가로 입사했다. 그러나 결핵에 걸려 코네티컷주 월링퍼드의 게일로드 팜 요양소에 들어갔다. 이곳에서 지낸 육 개월 동안 진정한 자아에 눈뜨고 스웨덴의 극작가 스트린드베리의 영향을 받아 희곡을 쓰기로 결심했다.

1914년  첫 희곡집 『갈증, 기타 단막극들(Thirst and Other One-Act Plays)』을 자비로 출간했다. 하버드 대학교 조지 피어스 베이커 교수의 유명한 희곡 작법 강좌 '워크샵 47'에 등록하여 창작 수업을 받았다.

1916년  매사추세츠주의 프로빈스타운에 있는 '부두 극장'에서 단막 해양극 「카디프를 향하여 동쪽으로(Bound East for Cardiff)」를 공연했다. 뉴욕 그리니치 빌리지에서 신극 운동가들과 함께 '극작가들의 극단'을 결성하고 뉴욕 데뷔에 성공했다.

1918년  두 번째 아내 애그니스 볼턴과 결혼했다.

1919년  『카리브 해의 달과 기타 해양극 6편(The Moon of the Caribbees and Six Other Plays of the Sea)』을 출간했다.

1920년  브로드웨이의 모로스코 극장에서 최초의 장막극 「지평선 너머(Beyond the Horizon)」를 공연했다. 이 작품으로 첫 퓰리처상을 수상했다. 이해에 아버지 제임스 오닐이 사망하고 둘째 아들 셰인이 태어났다.

1921년 「안나 크리스티(Anna Christie)」를 공연했다.

1922년 어머니 엘라 퀸런이 사망했다. 「안나 크리스티」로 두 번째 퓰리처상을 수상했다.

1923년 국립 예술원 회원으로 선출되고 희곡 부문 금메달을 수상했다. 형 제임스 오닐 2세가 사망했다.

1924년 『유진 오닐 전집(The Complete Works of Eugene O'Neill)』과 『유진 오닐 작품집(「The Works of Eugene O'Neill)』을 출간했다.

1925년 딸 우나가 태어났다.

1926년 「위대한 신 브라운(The Great God Brown)」을 집필했다. 예일 대학교에서 명예 문학 박사 학위를 받았다.

1928년 「기묘한 막간극(Strange Interlude)」을 공연했다. 이 작품으로 세 번째 퓰리처상을 수상했다.

1929년 두 번째 아내와 이혼하고 여배우 카를로타 몬터레이와 세 번째 결혼했다.

1930년 이탈리아, 스페인 등의 유럽 각지와 싱가포르, 상하이, 마닐라를 여행했다.

1932년 조지아의 시랜드에 호화 주택 카사 제노타를 건축했다. 『9편의 희곡집(Nine Plays)』을 출간했다.

1936년 노벨 문학상을 수상했다.

1939년 캘리포니아에 타오 하우스를 짓고 아내와 함께 은둔

했다. 파킨슨병으로 진단받기도 했으며 마비 증세와 우울증에 시달리면서도 창작에 몰두하여 「얼음 장수 오다(The Iceman Cometh)」, 「밤으로의 긴 여로(Long Day's Journey into Night)」를 집필했다.

1941년    『유진 오닐 극집(The Plays of Eugene O'Neill)』을 출간했다.

1943년    딸 우나가 찰리 채플린과 결혼하자 딸과 의절했다.

1946년    「얼음 장수 오다」를 공연했다.

1947년    「불출들의 달(A Moon for the Misbegotten)」을 공연했다.

1950년    장남 유진 오닐 2세가 자살했다.

1953년    보스턴의 한 호텔에서 폐렴으로 사망했다.

1956년    「밤으로의 긴 여로」를 스톡홀름 왕립 극장에서 초연했다. 이 작품으로 네 번째 퓰리처상을 수상했다.

세계문학전집 **69**

# 밤으로의 긴 여로

1판 1쇄 펴냄  2002년 11월 1일
1판 54쇄 펴냄  2024년 8월 8일

지은이  유진 오닐
옮긴이  민승남
발행인  박근섭, 박상준
펴낸곳  (주)민음사

출판등록  1966. 5. 19. (제 16-490호)
서울특별시 강남구 도산대로1길 62(신사동) 강남출판문화센터 5층 (우편번호 06027)
대표전화 02-515-2000  팩시밀리 02-515-2007
www.minumsa.com

ISBN 978-89-374-6069-2 04800
ISBN 978-89-374-6000-5 (세트)

* 잘못 만들어진 책은 구입처에서 교환해 드립니다.

# 세계문학전집 목록

세계문학전집은 계속 간행됩니다.